KB114213

양경 新무협 판타지 소설
FANTASTIC ORIENTAL HEROES
樂工武林
악공무림

악공무림 2

양경 新무협 판타지 소설

초판 1쇄 찍은 날 § 2014년 3월 6일
초판 1쇄 펴낸 날 § 2014년 3월 13일

지은이 § 양경
펴낸이 § 서경석

편집부장 § 권태완
편집책임 § 박은정
디자인 § 이거일

펴낸곳 § 도서출판 청어람
등록번호 § 제1081-1-89호
등록일자 § 1999. 5. 31
어람번호 § 제2-2464호

주소 § 경기도·부천시 원미구 심곡2동 163-2 서경B/D 3F (우) 420-822
전화 § 032-656-4452 팩스 § 032-656-4453
http://www.chungeoram.com
E-mail § chungeorambook@daum.net

© 양경, 2014

ISBN 978-89-251-3725-4 04810
ISBN 978-89-251-3723-0 (세트)

※ 파본은 구입하신 서점에서 교환하여 드립니다.
※ 저자와 협의하여 인지를 붙이지 않습니다.
※ 이 책은 도서출판 청어람과 저작자의 계약에 의해 출판된 것이므로,
무단 전재 및 유포 · 공유를 금합니다.

ANTASTIC ORIENTAL HEROES

악공무림

樂工武林

2

양경 新무협 판타지 소설

도서출판 청어람

제1장
광릉산보(光陵散譜)

樂武林

일찍이 죽림칠현(竹林七賢)의 일인인 혜강은 자신의 의견을 말하기를 좋아하고 또 말을 가리지 않았다.

뛰어난 재주를 가졌음에도 관직에 오르지 않고, 말함에 거침이 없는 그는 결국 사마씨 가문의 노여움을 사 참수형을 맞게 되었다.

죽음을 앞둔 혜강은 무서워하는 기색 없이 태연자약했다. 그는 자신의 금을 오랫동안 천천히 어루만지고 난 후 자신만이 알고 있는 곡을 연주했다.

완만하고 구성진 음률은 미묘하고 감동적인 느낌을 자아냈다. 그 자리에 있던 사람들 중 그의 연주에 도취되지 않은 자가 없었고, 나무 위의 새들마저 지저귐을 그치고, 곱게 입을 다문 꽃봉오리가 활짝 피어났다.

어떤 것도 그의 죽음이 임박했음을 전혀 느끼지 못했다.

혜광이 마지막으로 연주한 그 곡의 이름은 광릉산(光陵散).

그의 죽음 이후 광릉산은 더는 이어지지 못했다고 한다.

마당에 펼쳐진 죽간에는 그림이 그려져 있었다.

해맑게 웃으며 뛰노는 아이들의 그림이 가장 첫 번째에 위치해 있었고, 그다음은 또 선경에 비견될 만큼 아름다운 기암괴석의 산세가 운무에 휩싸여 있는 그림이었다.

그 뒤로도 죽간의 그림은 계속되었다. 그러다 종례에는 낙서같이 의미를 알 수 없는 선들로 가득 찬 그림으로 마무리가 된다.

매일같이 보아도 음보라 여겨질 만한 구석은 어디에도 없었다.

“여기 이 그림이 가지는 의미와 여기 이 일곱 번째 선을 대입해 보면…….”

이초는 송현에게 음보를 해석하는 방법을 일러주었다.

그런 이초의 가르침을 통해 송현도 이초가 이것을 어떻게 해석했는지 이해할 수 있었다.

하지만.

송현의 표정은 여전히 석연치가 않았다.

"이것이 정말 광릉산보란 말입니까?"

"왜? 가짜인 듯싶더냐?"

송현의 의문에 이초가 웃으며 반문했다.

"전설로나 남은 곡조입니다. 하물며, 전설에서마저도 혜광께서 참수형에 처하신 이후 더 이상 광릉산은 전해지지 않았다고 하지 않았습니까?"

혜광의 죽음 이후 절전된 곡조다.

그 절전된 광릉산의 음보를 지금 이초가 지니고 있다는 사실만 하여도 쉬 믿기 어려웠다. 하물며 이것으로 인해 이초는 자식을 잃어야만 했다고 했다.

무엇보다 그림만 가득한 죽간에는 음보라 추정할 만한 아무런 근거도 존재하지 않았다.

때문에 송현은 이초에게 죽간의 해석 방법을 들었음에도 이것이 광릉산의 곡조를 담은 광릉산보인지에 대해서만큼은 확신할 수 없었다.

"대체 어떻게 이것이 광릉산의 음보라는 것을 아신 것입니까? 아니, 그전에 이것은 또 어찌 얻으셨는지요?"

송현은 거듭 질문을 건넸다.

이초는 웃었다.

"젊었을 적이었다. 그때는 나는 예인이 아니었고, 내 손에는 북 대신 칼이 쥐어져 있었지. 전장의 병사로 외적들과 싸웠었다. 그때 외적들 중 가장 강성한 혈족을 이끄는 우두머리가 있었다. 광릉산의 음보는 그를 죽이고 그의 품에서 찾아낸 물건들 중 하나였지. 속갑옷처럼 안에 두르고 있더구나."

이초는 처음 광릉산의 음보를 얻었을 때를 회상했다.

"외적이 들고 있었단 말이십니까?"

송현은 눈을 크게 떴다.

절전되었다 알려진 광릉산의 음보가 중원도 아닌 외적의 품에서 발견했다고 하니 더욱 그 진위가 의심스러워졌다.

"녀석! 의심만 더욱 짙어졌구나! 하나, 진짜였다. 아니, 그의 품에서 발견한 모든 것이 진품이었지."

"다른 것들도 있었단 말씀이십니까?"

"하면, 달랑 그것 하나뿐이었겠느냐! 그가 가진 월도는 능히 보도라 칭하기에 부족함이 없었고, 그의 품에서 나온 금은보화 또한 모두 진품이었지. 그 죽간과 함께 발견한 무공비급 또한 진짜였다."

죽은 외적의 품에서 발견한 물건들 모두 진품이었다. 그것도 하나같이 찾아보기 힘든 진귀한 물건들이었다.

그의 월도와 그가 지닌 금은보화는 물론, 그의 품에서 발견한 무공비급 또한 그러했다.

"월도와 보화는 팔았다. 무공비급과 죽간은 내가 가졌지. 그중 무공비급은 내가 직접 익히기까지 했었다. 그리고 그것으로 나는 한때나마 촉망받던 무림인이 되었다."

늦은 나이에 무공을 접한 일개 병사를, 스승도 없이 홀로 수련케 하여 한때나마 중원의 손꼽히는 고수로 만들어낼 만큼 절세의 무공비급이었다.

죽은 외적의 품에서 나온 물건들 모두 진짜인데, 유독 광릉산의 음보가 적힌 죽간만 가짜라 하긴 어려운 일이었다.

이초는 웃었다.

"클클클. 그때야 음에 관심을 두었던 것이 아니니, 적당한 가격을 받고 팔아버리려 지니고 있었다. 하나, 이런 것을 누가 사간단 말이냐. 버리려니 아깝고, 팔자니 돈이 안 되는 것이지."

"그때 이것이 음보라는 것을 아셨습니까?"

"몰랐다. 이따위 낙서쪼가리가 음보라 생각하는 놈이 어디 있겠느냐. 솔직히 이것을 버리지 못한 이유에는 어쩌면 이것이 고대의 무공일지도 모른다는 생각 때문이다."

"그러면 어떻게 아셨습니까?"

송현이 재차 질문했다.

"……."

이초는 순간 말을 삼켰다.

무엇 때문인지 이초는 입을 열어 말하기를 망설이는 듯했다.

그렇게 한참이 흘러서야 입을 열었다.

"죽은 아들놈이었다. 처음 이것이 음보라 말하던 이는……."

아직 무림에 뜻을 접지 않았을 때의 일이었다.

당시 이초는 죽간을 보고 음보라 말하던 아들의 말을 무심히 지나쳤었다.

“제 어미가 기녀였으니, 그 아이 또한 음률을 알았던 게지. 세상이 나를 절애고라 하며 추켜세우지만, 기실 죽은 내 자식 놈이 타고난 자질은 이미 나를 뛰어넘은 지 오래였었다.”

죽간이 광릉산의 음보를 담고 있었다는 것을 가장 처음 알아낸 이도 이초의 죽은 아들이었다.

이초는 웃었다.

그 웃음에 서글픔이 담긴다.

“잠시만 기다리거라.”

잠시 회한에 잠겨 있던 이초가 몸을 일으켜 방 안으로 들어갔다.

이윽고 보자기로 단단히 봉한 무언가를 들고 나왔다.

눈이 있기에 겉으로 보이는 크기도 적지 않음을 알았고, 그것을 들어 옮기는 이초의 표정을 통해 무게 또한 적지 않음을 알았다.

쿵!

이초는 그것을 송현의 앞에 내려다 놓았다.

“이것이……. 무엇입니까?”

송현이 물었다.

과거의 이야기를 하던 이초가 돌연 방 안에서 새로운 물건을 가지고 나왔으니 의문이 드는 것은 당연한 일이었다.

"클클클. 너는 손이 없더냐? 네가 직접 확인해 보거라."

송현의 물음에 이초는 웃으며 답했다.

이초의 명령에 송현은 보자기로 단단히 봉한 물건을 살폈다.

보자기를 풀어 헤치자 겹겹이 쌓인 책 뭉치가 나온다. 송현은 그중 가장 위에 놓여 있는 책을 들어 펼쳤다.

사락.

책장 넘어가는 소리가 귓가를 간질인다.

"음보로군요……."

송현은 한참을 살핀 뒤에야 입을 열었다.

집중하여 보지 않으면 읽기조차 어려울 만큼 빼곡하게 적힌 그것은 분명 음보였다. 그것도 옛날의 것이 아닌, 현대에 전해지는 음보의 형태를 갖추고 있었다.

그것을 가만히 살펴보면 이초가 일러준 방식대로 죽간의 그림들을 해석했을 때에서야 나올 음보의 형태였다.

"내 이것이 있음에도 네게 음보의 해석법을 일러준 것은, 그 해석법을 가르쳐 주기 위함이었다. 그리고 이건……."

이초가 말끝을 흐렸다.

망설이던 이초는 잠시의 시간이 흐른 이후에서야 입을 열었다.

"죽은 아들놈과 함께 해석한 해석본이다. 후반의 두 권은 아들놈 혼자 해석한 것이지."

입초의 입가에 머문 웃음이 더욱 서글퍼졌다.

"그 아이는 횡사하기 전에 이미 이 광릉산보의 비밀을 풀었다고 했었다."

무림맹주의 음악 선생으로 자리를 비웠을 때.

한 통의 서찰이 도착했다.

자식이 죽기 전 마지막으로 보내온 서찰이었다. 그 서찰에 적혀 있었다.

죽간의 비밀을 풀었다고.

죽간에 적힌 음보는 광릉산을 담고 있다고.

죽간이 음보라는 것을 먼저 안 이는 죽은 아들이었으나, 그것을 먼저 익힌 이는 이초였다. 죽은 아들은 후에 악사의 길을 걷겠다 결정하면서부터 죽간을 익혔다.

그럼에도 아들은 이미 이초를 추월하여 음보의 비밀을 밝혀냈다.

"기뻤었지. 죽간의 한 자락을 겨우 얻은 나도 예인의 정점에 올랐다 했거늘, 그 아이는 이미 광릉산보의 비밀을 풀어 얻었으니 어찌 아니 기쁠 수 있었겠느냐."

아들은 세상천지에 가장 소중한 존재였다.

그 아들이 청출어람(青出於藍)하여 대성을 이루었으니 그 기쁜 마음이야 어찌 표현할 수 있겠는가.

이초는 눈을 질끈 감았다.

모두 흘려보냈음에도 아직 남은 앙금이 자꾸만 이초를 서글프게 만들었다.

"그로부터 이틀 뒤였다. 또 한 편의 서찰을 받았지. 그 속에 아들놈이 죽었다는 글귀가 적혀 있더구나."

만사를 제쳐두고 돌아왔다. 무공을 버린 몸으로 잠 한숨, 숨 한 번 돌리지 않고 돌아온 길이다.

지친 몸으로 돌아온 이초는 싸늘하게 식은 아들의 시신과 마주했다.

"방은 어질러져 있었고, 죽은 아들놈의 몸에는 고문의 흔적이 남아 있더구나. 십지(十指)는 잘렸고, 그마저도 손톱이 모두 빠져 있었다. 사지의 근맥이 끊겼고, 면도로 거죽을 벗겨놓았었다."

예인이기 이전에 병사였고, 무림인이었던 이초다.

죽은 아들의 몸에 난 사흔으로 아들이 숨을 멎기까지 어떠한 고통을 감내해야 했는지 알아보지 못할 리 없었다.

그렇기에 더욱 괴로운 것이다.

어질러진 방 안의 모습을 보자면, 흉수는 무언가를 찾고 있었다.

그것이 마음대로 되지 않아 아들을 숨이 멎을 때까지 고문한 것이다.

"아……."

송현의 입에서 낮은 탄식이 흘러나왔다.

―이것으로 인해 너마저 잃을까 두렵구나.

처음 죽간을 보여주던 이초가 했던 말이었다.

그 말의 의미를 이제는 정확히 알 수 있었다.

"흉수는……. 흉수는 찾으셨습니까?"

질문하는 송현의 목소리가 가늘게 떨린다.

"찾지 못하였다. 그놈들이 어디로 왔던 것인지, 어디로 사라져 버린 것인지……. 끝내 알아내지 못하였다. 그래서 더욱 두려운 것이다."

흉수의 정체가 누구인지는커녕, 흉수가 어디서 왔고 어디로 사라졌는지조차 알아내지 못했다.

무림맹주의 명에 의해 무림맹의 무사들이 직접 추적하였음에도 끝끝내 알아내지 못한 사실이다.

"흉수는 언젠가 저를 노릴지도 모르겠군요."

송현이 조용히 읊조렸다.

보이지 않는 적.

필경 흉수는 송현이 광릉산보의 비밀을 밝혀내고, 대성을 이룬다면 다시금 독아(毒牙)를 드러낼 것이다.

그러나 송현은 물론, 이초조차도 그것이 언제인지, 어떠한 방식으로 이루어질 것인지는 알지 못한다.

그래서 더욱 무섭고, 위험하다.

"광릉산보는 요물이다. 내게 이것을 전하면서도 나는 또 이것으로 인해 너를 잃을까 두렵구나."

이초가 진심을 다해 말했다.

음의 길을 걷는 송현에게 이초가 줄 수 있는 것은 광릉산보가 전부이다.

하지만, 그로 인해 송현을 잃는 것은 두렵다.

"……."

송현은 잠시 말이 없었다.

광릉산보에 얽힌 모든 이야기를 들었다. 이제는 이것이 광릉산보임을 의심하지 않는다.

그리고 이 광릉산보를 통해 어쩌면 송현 자신에게 다가올 위험도 알게 되었다.

그러나.

"익히겠습니다."

비밀을 알고, 위험을 알았다.

그럼에도 송현은 광릉산보를 익히겠다고 했다.

"광릉산보의 비밀을 밝히고, 형님의 해한 흉수를 찾아낼 것입니다."

형님.

송현은 죽은 이초의 아들을 형님이라 칭했다.

비록 피는 통하지 않았으나, 송현은 이초의 아들이다. 그러니 먼저 죽은 이초의 아들 또한 송현의 형제인 것이다.

형제의 죽음을 알고도 모른 척 외면할 수는 없다.

그것이 송현이 광릉산보를 익혀야 할 또 다른 이유였다.

이초는 새로 얻은 아들의 마음이 너무나 갸륵해 자신도 모르게 속으로 눈물을 흘리고 말았다.

하지만 이상하게도 그의 안색은 흐려졌다.

“하지만 아직 해석이 완전치 못해서인지, 그것을 익히기에는 한 가지 문제점이 있단다. 때문에 이제 내게는 이것이 요물로 보이는구나.”

“문제점이라니요?”

“그것은…….”

이초는 무어라 말을 이으려다 말고 고개를 저었다.

“아니, 설명하는 것보다는 직접 겪는 것이 나을 테지. 어디 한번 이 곡조로 연주해 보지 않겠느냐?”

송현은 마당에 앉아 거문고를 쥐었다.

‘대체 아버지는 무엇 때문에 곡조에 문제점이 있다고 하신 걸까?’

송현은 의문이 가시지 않았지만, 곧 허공을 길게 뜯기 시작했다. 형님과 아버지가 남긴 곡. 광릉산을 연주하기 위함이었다.

이초는 말없이 아들을 지그시 바라보았다.

둥—!

묵직하게 울려 퍼진 첫 음이 한없이 아래로 내려갔다. 듣는 이도, 연주하는 이도 숨이 턱 막힐 만큼 답답한 음색이었다.

이상하다.

분명 혜강이 남긴 악보라면 산새가 지저귀고 바람이 스치는 듯한 산뜻한 음이 울려야 할 텐데, 어째서 지금 울리는 것은 어둡고 음침한 음이란 말인가.

송현은 자신이 무슨 실수를 했나 싶어 재차 두 번째 음과 세 번째 음을 연주했다.

하지만 역시나 음은 마찬가지였다.

아니, 도리어 우울하고 기괴하다.

아래로. 아래로.

끝없는 지저로 가라앉듯 음이 가라앉는다.

음률이 한없이 아래로만 향하니, 그 음색이 청아할 리 없다.

기괴하다.

전혀 아름답지 않다.

듣는 이도, 연주하는 이도 괴롭기만 할 뿐이었다.

부르르르.

장죽을 든 송현의 오른손이 떨렸다.

'크윽!'

송현은 입술을 악 물었다.

다음 음을 좇아야 하는데 손이 너무 무겁다. 마치 만근의 바위가 손 위에 올려진 듯한 기분이다.

필경 제 몸을 움직이는 것인데, 그것이 제 의지로 되지 않는다.

'답답해.'

빛 한 점 들어오지 않는 심해에 갇힌 기분이다.

한 번의 숨도 제대로 쉴 수 없고, 온몸을 옥죄는 압박감에 손가락 하나 까딱하기 힘들다. 앞이 보이지 않았다.

'그래도!'

송현은 다시금 의지를 다잡았다.

만근의 바위를 올려놓은 것만 같은 손을 억지로 움직여 다음 음을 좇는다.

스읏.

막 송현의 장죽이 대현에 닿았을 무렵이다.

"되었다. 이제 그만하거라."

이초의 목소리가 송현을 멈춰 세웠다.

천근만근 같던 손은 어느새 가벼워졌다. 턱 하고 막혔던 숨이 트였다. 하지만, 더 이상 광릉산의 음보를 좇을 수는 없다.

"허억허억허억!"

연신 참아왔던 거친 숨을 내뱉었다.

송현의 눈은 질린 듯 해석본의 음보를 향하고 있었다.

'사람이 연주할 수 있는 곡이 아니야…….'

현란하지도 빠르지도 않다.

하지만 그럼에도 감히 연주할 수 없는 곡이다. 그것은, 악사가 가진 기예의 문제가 아니었다.

이초가 말했던 문제점.

바로 무언가 크게 어긋나 있는 광릉산보였다.

이 광릉산은 기이한 힘을 가지고 있다.

듣는 이로 하여금 기분을 맑게 하고 감동을 주는 음이 아닌 기력을 빼앗는 음이다.

그 음이 송현의 연주를 방해하고, 연주를 계속할수록 송현을 괴롭혔다.

"괜찮더냐?"

"예, 이제… 괜찮습니다."

이초가 안색을 살피며 묻자 송현은 애써 괜찮은 척 표정을 바로 했다.

이초가 웃었다.

"클클클. 어떠냐. 내 왜 이것을 요물이라 했는지 알겠느냐?"

이미 그럴 줄 알았다는 듯 말하는 이초였지만, 그의 손은 어느새 송현의 등을 쓰다듬고 있었다.

보기에는 별것 아닌 동작이었으나, 그것은 무림의 추궁과혈과 궤를 같이하는 것이다. 뭉친 피를 흩어주고, 혈액의 흐름을 돕는다.

송현의 안색이 눈에 띄게 좋아졌다.

그러한 송현의 모습에 이초는 속으로 안심했다.

'아까는 정말 숨이 끊어지는 줄 알았구나!'

지금이야 숨이 트여 붉어진 송현의 얼굴이었지만, 광릉산의 곡조를 연주할 때에 송현의 얼굴은 시퍼렇게 죽어가고 있었다.

그 모습이 죽은 망자의 시체와 하등 다를 바가 없다.

뿐만이 아니었다.

항시 송현의 몸을 감싸고 있던 가락이 그 순간 일순 변했었다.

음울하고 거칠고 사납다.

그 끈적거리는 기운은 평소 송현의 몸에 묻은 가락과는 전혀 달랐다.

귀기(鬼氣).

이초의 눈에 보인 그것은 분명 귀기였다.

산 사람의 몸에서 죽은 자나 내뿜는 귀기가 흘러나왔으니 보통의 일이 아니었다.

"내 그저 죽은 아들을 보내지 못해 이것을 숨겨두고 간직한 것이 아니다. 말했듯이 요물이다. 음악이 가진 기이한 힘이 사람을 망쳐놓는다. 몸을 쇄하게 하고 이지를 흐트러뜨리는 곡이다. 해서 반평생을 여기에 바친 나도 더는 이것을 익히려 하지 않고, 네게 전하기만 하려 한 것이다."

죽간 속에서 음보를 발견한 죽은 아들은 송현과 같지 않았다. 그리고 마침내 광릉산보의 비밀을 풀었다. 하지만, 이초는 그러지 못했다.

이초가 광릉산보를 연주할 때의 경험은 정확히 송현과 같았다.

선택받지 못한 것이다.

반대로 그렇기에 비밀을 알지 못하고 선택받지 못한 자가 광릉산보를 연주하였을 때, 광릉산보의 곡조가 어떻게 사람을 망가뜨리는지도 누구보다 잘 알고 있었다.

"너는 이미 어린 나이에 음으로써 나와 같은 곳에 올랐다. 해서 네게 이것을 전해준 것이다. 네게는 그만한 자질이 있으니 말이다. 하나, 그렇다고 결코 무리하지는 말아야 할 것이야."

"…알겠습니다."

송현은 고개를 끄덕였다.

이초의 말대로 광릉산보는 요물이란 말에 가까웠다.

전설에서 이야기하던 신묘함과는 거리가 멀었다.

송현은 눈앞의 해석본을 바라봤다.

눈빛이 복잡해졌다.

'형님은 대체 어떻게 이것의 비밀을 알아내셨을까.'

생각해 보지만 감히 짐작조차 가지 않는다.

그때였다.

"오늘은 날이 늦었구나. 그러니 이만 잠들도록 하여라. 내일은 나도 의방에 다녀와야 하는 날이니 일찍 잠들어야겠다."

이초는 그 말을 남기고 먼저 방으로 들어갔다.

닫힌 방문 너머로 바람 소리가 무섭게 들려온다.

짧은 가을의 밤은 어느덧 겨울의 문턱을 두드리고 있었다.

"허—!"

불 꺼진 방 안에 누워 있던 이초의 입에서는 한숨이 새어 나왔다.

'열정이 지나쳐 광증이 되는 것이 아닐까 두렵구나.'

이초가 잠들지 못한 것처럼 송현도 잠들지 못하고 있었다.

불 꺼진 방 안에 누워서는 멍하니 천장만 바라본다.

'형님은 대체 어떻게 저것을 연주하신 것일까?'

죽은 이초의 아들.

광릉산보가 음보라는 사실을 가장 처음 알아낸 이도 그였고, 광릉산보의 비밀을 알아낸 것 또한 그였다.

"어떻게……."

대체 어떻게 그것이 가능했던 것인지 좀처럼 의문이 해소되지 않는다.

그것은 잠자리에 든 이후에도 마찬가지였다.

생각이 깊어지니 잠이 오기는커녕 눈만 더 말똥말똥해졌다.

'왜 문이 아닌 형으로 음보를 남겼을까.'

의문의 깊이는 점점 더 깊어진다.

혜광의 시대에도 음보는 존재했다. 현재의 시대와 그 형과 식이 다를 뿐이다. 그런데도 광릉산보는 음보가 아닌 형으로 남겨져 있다.

'단지 광릉산의 곡조를 숨기기 위함이었을까? 아니야. 그렇다면 처음부터 광릉산의 음보를 남기지 않았어야 해. 음보를 왜 형으로만…….'

생각이 제자리를 맴돈다.

전설에 의하면 혜광의 광릉산은 당시 모든 예인이 얻고자 했다고 한다. 때문에 부러 상소까지 올려 이를 전수케 하는 동안은 사형을 유보해 달라 하지 않았던가.

끝내 상소를 거부한 사마씨에 의해 죽음을 앞둔 혜광조차도 죽음에 대한 안타까움보다, 광릉산이 더는 전해지지 못한다는 것을 안타까워했다고 했다.

그렇다면 혜광의 시대에는 광릉산을 전수받고자 하는 악사들이 즐비했을 것이다. 혜광 또한 광릉산이 사장되기를 원치 않았다면 얼마든지 다른 악사들이 광릉산을 익힐 수 있도록 음보로 광릉산을 남겼을 수도 있었다.

혜광에게 참수형을 내린 사마씨 때문이었을까.

'어쩌면…….'

혜광을 증오했던 그를 생각한다면 그것이 가장 가능성이 높았다.

혜광은 그러한 사마씨의 감시 속에서 광릉산을 남겨야 했으니 이처럼 그림과 선들로 음보를 대신하였을지도 모른다.

송현은 웃었다.

'결국 원점이구나.'

광릉산보가 어찌하여 음보가 아닌 그림으로 남겨진 것인지에 대한 의문은 결국 원점으로 돌아갔다.

당연히 광릉산을 연주할 실마리는 찾지 못하였다.

'내일부터는 광릉산보를 항상 들고 다녀야겠구나.'

그 많은 해석본을 들고 다닐 수는 없다.

그러니 죽간으로 된 광릉산보의 원본을 들고 다녀야 할 것이다.

그리고 상황이 허락하는 한 끊임없이 광릉산보를 펼쳐보며 그 속에 숨겨진 비밀을 찾아보아야 할 것이다.

'다른 방법을 찾아야 해. 다른 방법을.'

두 사람은 한 지붕 아래서 서로 다른 생각을 가지며 밤을 흘려보내고 있었다.

제2장
외출(外出)

樂武林

송현이 이초의 아들이 되었고, 이초의 집에서 함께 생활을 시작했다.

그 기간이 어느새 석 달이다.

그동안 송현은 광릉산보를 해석하고, 익히기 위해 정성을 쏟았다. 그러나 좀처럼 광릉산을 얻기란 요원하기만 했다.

그것 말고는 크게 달라진 것은 없었다.

떠났던 악양루는 다시 다니기 시작했다. 송현이 이초의 거처에 머물고 있다는 사실을 안 장서희와 악양루의 악사들이 한달음에 달려온 탓이다.

마당에 버티고 서서는 다시 악양루로 돌아오지 않으면 한 발자국도 떠나지 않을 것이라 버티는 그들을 당해낼 재간이 없었다.

때문에 송현은 전과 같이 닷새에 한 번씩 악양루에서 연주를 하게 되었다.

그 순간은 난감했으나, 한편으로는 또 좋았다.

누군가 자신을 원한다는 것은 언제나 기분 좋은 일이었으니까.

상아의 집도 다시 찾아갔다.

상아는 송현이 인사조차 하지 않고 떠난 것에 삐져 말도 하지 않았지만, 그것도 잠시뿐이다.

서운함이 깊은 것은, 송현과 나눈 정이 그만큼 깊은 탓이다. 삐쳐서는 한 마디도 하지 않던 상아가 송현의 품에 안겨 앙앙 서러웠던 눈물을 쏟아내는 데에는 불과 한 시진의 시간도 걸리지 않았다.

그러니 전과 다를 바 없다.

송현은 여전히 닷새에 한번 악양루에서 연주하고, 상아와 상아의 가족들을 만난다.

굳이 달라진 점을 꼽자면 이제 송현이 잠드는 곳이 이초의 거처라는 점뿐이다. 매일매일을 상아의 집에서 잠들었던 송현은 이제, 이초의 집에서 잠이 든다. 이제 상아의 집은 이따금씩 가끔 들려 하룻밤 신세를 지는 정도로 바뀌었다.

그리고 오늘은 송현이 악양루 동호연의 연주에 참석하기

위해 길을 나서야 하는 날이다. 또한 그날은 무림의 연을 끊은 후유증을 앓고 있는 이초가 치료를 위해 주기적으로 의방을 찾는 날이기도 했다.

정오가 가까워진 오전 나절.

송현과 이초는 산을 내려왔다.

* * *

악양의 거리는 여전히 활기가 넘쳤다.

비틀. 비틀.

송현과 이초는 거리를 가득 채운 사람들 틈을 헤치고 지나갔다.

그런데 이상한 일이다.

거리에 가득 찬 사람들로 인해 발 한 발자국 옴짝달싹하기 힘들 정도인데도 송현과 이초는 비틀거리는 걸음으로 용케도 사람들 틈을 빠져나가고 있었다.

조금만 더 자세히 보면 그 비좁은 틈을 헤치고 지나가면서도 몸은 물론, 옷자락조차도 다른 이들의 몸을 스치는 법이 없다.

그 모습이 마치 빼곡한 송림(松林)을 빠져나오는 바람결 거처럼 유연하고 자연스럽다.

가락 때문이다.

이초가 송현의 몸에 묻은 가락을 일러준 날.

송현과 이초는 그날 합주를 하였다.

먼 거리를 사이에 두고도 서로의 심령이 맞닿아 교감하였고, 송현은 벽을 넘었다.

동정호의 물길이 하늘로 치솟고, 맑은 밤하늘에 여우비가 내렸다. 천지간에 음률이 가득 묻어 나온 것 또한 그 때문이었다.

그리고 그날 송현은 자신의 몸에 묻은 가락이 무엇인지 깨달았다.

그 이후로 일어난 변화다.

몸에 묻어난 가락이 무엇인지 알기에, 그것을 변형하는 것도 지우는 것도 어느덧 자유롭게 되었다.

길을 가득 매운 사람들의 틈바구니를 헤쳐 지나가는 송현의 불규칙한 움직임 속에는 그 변형된 가락이 묻어 있었다.

그것은 이초 또한 마찬가지다.

달칵!

송현은 무의식적으로 어깨끈을 바로잡았다.

평소와 달리 송현의 등 뒤에는 거문고와 함께 또 다른 무언가가 메여져 있었다.

큰 대나무 줄기를 잘라 만든 큰 대통이었다.

그 대통 속에 광릉산보의 원본이 되는 죽간이 들어 있었다.

지난밤의 각오처럼, 혹여나 자신이 미처 찾지 못한 비밀을 찾을 수 있을까 지니고 나온 것이다.

이초는 그런 송현의 노력에 잠시 걱정하는 모습을 보였으나, 더는 무어라 하지 않았다.

마치 광릉산보의 주인이 더 이상 자신이 아니라는 투였었다.

그사이.

송현과 이초는 막 행인들로 붐비던 대로를 빠져나왔다.

이제 오른쪽으로 발길을 돌리면 곧장 위가의방이 나올 것이고, 왼쪽으로 발길을 돌려 조금만 걸으면 악양루가 모습을 드러낼 것이다.

"여기서부터는 각자 가야겠다."

이초가 말했다.

"같이 가지 않으시고요?"

송현이 의아해 물었다.

보통은 이렇게 함께 나온 경우 송현이 의방까지 동행하곤 했다.

처음에는 이초의 아들이 된 송현이니만큼, 이초의 몸을 보아주는 침목명의 위가헌에게 인사를 하기 위함이었다.

그리고 그것이 어느새 습관이 되어 자연스럽게 지금까지 유지되었다.

이제는 오히려 이초가 각자 길을 가자고 하니 그것이 더 어색할 지경이었다.

이초는 웃었다.

"클클클. 너는 이 나를 눈치 없는 늙은이로 만들 작정이더냐?"

"예? 그게 무슨……. 아!"

잠시 얼굴 표정에 의문이 떠올랐던 송현이다.

하지만, 이내 무언가 깨달은 것이 있는지 작은 감탄사와 함께 한쪽으로 고개를 돌렸다.

갈라지는 길 끝.

상인이 펼쳐놓은 좌판 옆에 한 여자아이가 쪼그려 앉아 있었다.

지루한 듯 바닥에 낙서를 하고 있었다.

'녀석!'

송현의 입가엔 어느새 저도 모르게 미소가 어렸다.

"상아야!"

소리쳐 불렀다.

송현의 목소리는 거리를 오가는 사람들이 만들어내는 소리 속을 꿰뚫으며 선명하게 울렸다.

좌판 옆에 쭈그려 앉아 낙서를 하고 있던 여자아이는 상아였다.

"엇! 아저씨!"

송현의 목소리에 퍼뜩 고개를 들고 주위를 살피던 상아는 이내 해맑게 웃었다.

송현을 발견하고 뛰어온다.

그리고 한달음에 송현의 품에 폭 하고 안겨 버렸다.

"혼자 여기서 뭐하고 있는 거야? 오 부인은? 남 악사님은?"

아직 어린 상아가 번화한 악양의 거리에 홀로 주저앉아 있었으니 당장은 걱정이 앞섰다.

그런 송현의 물음에 상아는 쌕 하고 웃었다.

"헤헷! 엄마 아빠는 없어요! 상아 혼자 왔어요. 아저씨 보고 싶어서! 아! 북 할아버지, 안녕하세요!"

송현의 질문에 대답하던 상아는 그제야 이초를 발견하고는 꾸벅 밝게 인사했다.

이초가 불을 친다하여 상아는 이초를 북 할아버지라고 부르곤 했다.

무엇이 그리 좋은지 상아의 얼굴엔 해맑은 웃음이 떠나질 않았다.

"이 요망한 것아! 또 북 할아버지라 하는구나!"

이초가 그런 상아의 호칭에 괜히 싫은 소리를 했다.

'아버지도 참!'

그런 이초의 모습에 송현은 속으로 고개를 저었다.

이초가 상아에게 싫은 소리를 하였지만, 그것이 진심이 아님은 이초의 입가에 머물러 있는 옅은 웃음만 보아도 알 수 있는 일이었다.

눈치 빠른 상아가 그걸 모를 리 없었다.

"북 할아버지도 좋으면서 괜히 그래요!"

"크흠! 좋긴 누가 좋다고……. 여하튼간 나는 이만 의방으로 갈 테니, 송현이 너는 요 요망한 것이나 잘 챙기거라. 한동안 머리 썩을 일이 많았으니 오랜만에 저 아이 집에서 하룻밤 신세나 지며 좀 쉬는 것도 나쁘진 않겠구나. 하면 이제 나는 가마!"

괜히 본심이 들켜 버린 이초가 서둘러 자리를 떠났다.

그러면서도 송현에게 상아의 집에서 오늘 하룻밤 신세를 지고 오라는 것은, 최근 광룡산보에 대한 고민으로 머리 아픈 송현을 쉬게 하기 위함이었다.

상아가 서둘러 자리를 떠나는 이초를 향해 손을 휘저어 배웅한다.

"안녕히 가세요! 북 할아버지!"

"다녀오십시오."

송현도 이초를 배웅하며 인사를 했다.

그렇게 이초가 떠나고.

상아가 기다렸다는 듯 눈을 반짝반짝 빛냈다.

"아저씨 이제 우리 뭐하고 놀아요?"

상아는 그저 오랜만에 만난 송현과 놀 생각에 마냥 신이 난 모양이었다.

* * *

송현과 헤어진 이초는 곧장 위가의방으로 향했다.

윗옷을 모두 벗고 자리에 눕는다. 그러면 위가헌이 이초의 몸을 살피고 진맥한다.

이초가 아들을 잃기 전부터 지금까지 계속해온 일이니 달리 새삼스러울 것도 없는 일이었다.

"클클클."

그런데 오늘은 무슨 일인지 이초가 웃음을 흘리고 있었다.

"무슨 기분 좋은 일이라도 있었나 봅니다?"

위가헌이 이를 의아하게 여기며 질문을 건넸다.

그러면서도 차분히 가라앉은 두 눈은 이초의 몸을 훑고, 예민하게 감각을 곤두선 손은 이초의 맥을 좇는다.

"있지. 아무렴. 내 이유도 없이 미친놈처럼 웃음을 흘리겠는가."

"무슨 일이신지요?"

"상아라는 아이 말일세."

"상아라면 북촌의 그……."

"그래, 그 딸년을 말하는 걸세."

남치국을 환자로 살핀 바 있던 위가헌이니만큼, 그 딸인 남상아에 대해서도 아주 모르는 바는 아니었다.

"그 아이는 또 무슨 이유로 말씀하시는 겁니까?"

"볼수록 귀여워서 말이야. 고 조그마한 년이 하는 짓은 또 어찌나 맹랑하고 귀여운지. 오늘은 송현, 그 아이를 만나겠다고 저잣거리에 앉아 기다리고 있지 무언가. 고 조그마한 머리 어디에서 그런 생각이 난 것인지……."

이초의 입가엔 웃음이 가득했다.

어린 상아다. 그런 상아가 송현을 만나겠다고 복잡한 저잣거리에 자리 잡고 앉아 기다리고 있었다는 것 자체가 귀엽다.

또 그 마음이 고맙다.

'송현이 그 아이의 가슴에 맺힌 외로움이야 결코 가벼운 것이 아니거늘, 그 상아라는 요망한 것은 잘도 그것을 가벼운 것으로 만들어 버리는구나.'

송현은 외로움이 많다.

자라온 환경이 그랬고, 겪어온 일들이 그랬다.

그래서 더욱 정이 깊다.

그것은 또한 이초와도 닮았다. 팔월 보름. 이초와 송현이 함께 합주를 하고 전심으로 마음을 나눌 수 있었던 것 또한 그러한 동질감이 있었기에 가능했던 일이었다.

그러나 반대로 그렇기에 불안했다.

'외로움 또한 깊으면 병이 되는 법. 상아, 그 아이가 그 병을 씻어주는구나.'

송현의 외로움이 과하면 과할수록, 그것은 종래에 심병이 되고 만다.

예인으로 살아가는 이들 중 마음의 병 하나 없는 이가 어디 있겠냐만은, 아들로 들인 송현이 심병을 앓는 것은 원치 않았다.

다행히 송현에게는 상아가 있었다.

상아는 아무런 거리낌없이 송현이 가진 외로움을 희석시켜준다.

어리기 때문이다. 아니, 순수하기 때문이라는 말이 맞을 것이다. 바라는 것 하나 없이 순수하게 송현과 정을 나누려고 한다. 그렇기에 송현도 거리낌없이 상아와 시간을 공유한다.

이초는 그 모습이 귀엽고 또한, 고마웠다.

"하늘이 돕는 게지. 암! 하늘이 돕는 게야."

이초의 얼굴에선 좀처럼 웃음이 떠나질 않았다.

하지만, 그런 이초의 웃음과 달리 진맥을 계속하는 위가헌의 얼굴에는 점점 웃음기가 사라져만 갔다.

"흠……."

끝내 위가헌의 입에서 깊은 한숨이 흘러나왔다.

"왜? 더 나빠지기라도 했는가? 그럴 리가 없을 터인데? 요즘엔 토혈도 그쳤고……."

그런 위가헌의 반응이 의아해 이초가 변명하듯 이야기했다.

요즘 들어 오히려 몸이 더욱 좋아졌다고 느끼던 이초였다.

그런데 정작 맥을 짚는 위가헌의 표정은 어둡기만 하니, 은근히 불안해지는 마음은 어쩔 수 없는 것이다.

"그것이……."

위가헌은 어렵게 입을 열었다.

* * *

상아에게 당과를 사 먹이고 악양의 저잣거리를 한 바퀴 같이 돌았다.

그리고 시간에 맞춰 악양루의 동호연에 참석해 연주를 마치고 나니 늦은 저녁이 되었다.

기다린 상아와 함께 송현은 오랜만에 북촌의 상아의 집으로 갔다.

이초의 말대로 하룻밤 신세를 지기 위함이었다.

송현이 더는 이제 상아의 집에서 세를 살지는 않았지만, 송현이 지냈던 방은 떠나기 전과 마찬가지로 잘 정리되어 있었다.

상아가 몰래 말하기로는, 오 부인이 매일같이 쓸고 닦아 놓는다고 했다.

밤이 깊을 때까지 송현은 그곳에서 상아와 이야기를 나누었다. 주로 이야기하는 이는 상아였고, 들어주는 이는 송현이었다.

이야기의 주제랄 것도 딱히 없다.

그저 상아가 생각나는 대로 이야기하는 것으로 이야기가 흘러갔으니까.

그렇게 밤이 깊었다.

상아는 자신의 방으로 돌아갔고, 송현은 침상에 몸을 뉘었다.

'결국 오늘은 광릉산보를 살펴보지 못했구나.'

틈나는 대로 살펴보기 위해 애써 가지고 온 광릉산보였건만, 도중에 상아를 만나는 바람에 광릉산보를 살펴볼 짬이 없었다.

예상치 못한 일이었으나, 송현은 그것이 그리 아쉽지 않았다.

"즐거웠으니까."

상아와 별달리 한 것은 없었지만, 그래도 재미있게 하루를 보냈다.

그것이면 되었다.

'지금이라도 잠깐 볼까?'

그러면서도 송현의 눈을 벽 한쪽에 기대어놓은 광릉산보가 든 대통을 향했다.

그러나 오늘은 결국 광릉산보를 살펴보지 못할 운명이었나 보다.

송현의 문 밖으로 발소리가 들렸다.

"아저씨……."

그리고 곧 문이 열리더니 상아가 들어왔다.

그 짧은 시간에 자다 깼는지 상아는 부스스한 꼴로 품안에 베개를 품고 있었다.

"무슨 일이니? 자다 말고 왜?"

송현이 상체를 일으켜 세우며 상아를 살폈다.

울었는지 눈가에 눈물자국이 남아 있었다.

'무슨 일이지?'

방금 전까지만 해도 잘 놀다간 상아다. 그런 상아가 눈물자국이 선명한 얼굴로 다시 찾아왔으니 걱정이 되는 것이 사실이다.

"나 오늘 아저씨랑 잘래요."

상아는 축 가라앉은 목소리로 말하며 뚜벅뚜벅 걸어와 송현의 옆에 자리를 차지하고 앉았다.

무슨 일이 있었는지는 말도 하지 않고 베개만 푹 끌어안는다.

"무슨 일이야?"

가만히 상아의 머리를 쓸어주며 물었다.

그제야 상아가 조막만 한 목소리로 말했다.

"꿈꿨어요."

"꿈? 무슨 꿈을?"

"아저씨가 또 말도 없이 떠났어요. 상아한테 말도 안 하고 멀리 갔어요. 그래서 상아는 아저씨 못 봐요."

시무룩해져서는 이야기한다.

상아는 말하다가 또 스스로 서러워졌는지 눈물을 그렁그렁해졌다.

"아저씨 정말 또 말없이 떠날 거예요?"

그 얼굴로 물었다.

정이 깊었기에 말없이 송현이 떠났다는 사실이 상처가 되었나보다. 그래서 이렇게 꿈까지 꾸고 이렇게 겁먹은 것이리라.

송현은 그런 상아의 눈가에 맺힌 눈물을 쓱 닦아주었다.

"안 갈게. 말없이."

그제야 상아가 고개를 끄덕였다.

그러더니 이내 고개를 절래 젓는다.

"아니에요. 가도 돼. 가도 돼요. 대신, 갈 땐 꼭 상아한테 이야기해 주기! 상아가 싫어서 가는 거 아니라고 꼭 말해주기! 알았죠?"

"응. 그렇게 할게."

미소 지은 송현이 고개를 끄덕였다.

그마저도 못 미더웠는지 상아는 불쑥 새끼손가락을 내민다.

"자! 약속! 엄마가 그랬어요. 약속은 소중한 거라고. 꼭 지켜야 하는 거라고. 자! 아저씨도 약속!"

"그래, 약속! 절대 상아한테 말하지 않고 떠나지 않을게."

송현은 새끼손가락을 꺼내 상아의 새끼손가락에 마주 걸었다.

약속했다.

상아는 그제야 입가에 웃음을 그렸다.

상아와 함께 잠자리에 들었다.

그로부터 한 시진이나 흘렀을까.

송현은 잠결에도 옆이 허전함을 느꼈다. 무심결에 손을 뻗어 옆을 쓸어보니 따스한 온기만 옅게 남아 있을 뿐이었다.

"…상아야?"

송현이 놀라 잠자리에서 일어났다.

놀란 송현의 마음과 달리 상아를 찾는 일은 그리 어렵지 않았다.

방 한쪽 벽에 상아가 있었다.

송현의 거문고와 광릉산보의 원본을 넣어둔 대통이 있는 곳이었다.

잠에서 깬 상아는 대통에 가만히 귀를 기울이고 있었다.

"쉿!"

상아가 송현을 발견하고는 가만히 손가락을 들어 입술에 바짝 붙인다.

조용하라는 뜻이다.

"무슨 일이니?"

송현은 목소리를 낮춰 물었다.

"아저씨 이리 와 봐요! 이것 봐요. 작게 노랫소리가 들려요. 막 아이들 웃음소리도 들리고, 바람 소리도 들리고, 어떤 아저씨가 막 화를 내요."

상아는 송현을 향해 손짓했다.

당최 그 뜻을 알 수 없는 소리다. 또 꿈을 꾸었나 싶었지만, 상아는 더 이상 송현에게 설명하지 않았다.

그저 가만히 눈을 감고 대통에 귀를 기울이고 있을 뿐이었다.

'무슨 소리가 난다는 것이지?'

송현은 내심 의문을 가지며 상아의 곁에 조심스럽게 다가갔다.

교방악사를 지낸 송현이다. 더욱이 이초와의 합주로 깨달음을 얻어 이미 인간의 영역 이상의 경지로 한발을 내딛었다.

그런 그의 청각은 결코 무디지 않았다.

무디기는커녕 그가 작정하고 정신을 귀에 집중한다면 저 아래 북촌 사당나무 공터에 떨어지는 나뭇잎 소리도 들을 수 있을 정도였다.

당연 상아가 듣는 노랫소리라면 송현도 들을 수 있어야 한다.

그런데 그렇지 못했다.

"여기 이렇게 해봐요."

의문이 가득한 얼굴로 자신을 바라보는 송현의 시선에 상아가 송현을 잡아당겼다.

송현의 귀가 대통에 닿았다.

"……."

고요했다.

노랫소리는커녕 아무런 소리도 들리지 않는다.

"대체 무슨 소리가……."

송현은 상아를 바라보며 물었다.

그러나 상아는 급히 손을 들어 송현의 질문을 제지했다. 그리고는 두 눈을 곱게 감고 죽통에 귀를 더욱 가까이 가져갔다.

"쉿! 정말 아름다운 노랫소리예요. 음— 음음!"

상아가 만들어내는 콧노래.

송현은 한참을 말없이 그런 상아를 물끄러미 바라보았다.

제3장 미망을 끊다

樂武林

푸드드득!

인기척을 느낀 산새가 바삐 날개를 퍼덕이며 날아올랐다.

바람결에 주위로 빼곡히 자리 잡은 나무의 가지가 출렁거렸다.

그 아래로 작은 소로가 나 있다.

그 길을 따라 올라가다 보면 잠시 염소 무리를 풀어놓은 초원이 나오고, 그 초원을 지나 계속해 올라가면, 사는 이라고는 이초와 송현 단둘뿐인 산촌이 나온다.

송현은 그 길을 걷고 있었다.

등에는 광릉산보의 죽간을 담은 대통과, 거문고가 매어져 있었다.

길을 걷는 송현은 생각에 잠겨 있었다.

'상아는 대체 무엇을 들었다는 것일까?'

지난 밤 새벽.

자다 깬 상아는 대통에 귀를 가까이 대고 노래를 흥얼거리고 있었다. 대통에서 작게 노랫소리가 나온다고도 했다.

그러나 송현의 귀에는 아무런 소리도 들리지 않았다.

악공인 송현보다 상아의 귀가 더 밝을 리 없다. 그렇다고 상아가 거짓을 이야기할 이유도 없었다.

그래서 자꾸만 걸린다.

더욱이 노래가 들린다는 것이 광릉산보의 죽간을 담은 대통이 아니던가.

결코 허투루 지나갈 이야기는 아니다.

날이 밝아 상아에게 물어 보았지만, 그 대답에서는 의문이 풀리지 않았다.

잠결에 노래가 들렸다고 했다. 그러나 상아는 자신이 흥얼거리던 그 노래가 기억나지 않는다고 했다. 그리고 날이 밝고 나니 더는 노래가 들리지 않는다고도 했다.

상아의 집을 나서, 집으로 돌아오는 길에도 의문은 계속해서 송현을 괴롭혔다.

'새벽에만 들리는 것일까? 그렇다면 왜 나는 듣지 못한 것이지?'

무엇 하나 명확한 해답이 나오지 않는다.
가슴이 답답했다.
그러나 하나 짚이는 것은 분명 있었다.
하지만, 그것은 당장 지금 확인할 수 있는 문제가 아니었다.
대신 또 다른 의문을 품었다.
'어쩌면 단지 내 공부가 모자란 탓일지도 몰라.'
잠시 떠오른 생각에 송현은 고개를 저었다.
가능성이 희박했다.
단지 송현의 음악적 경지가 모자란 탓이었다면, 음악을 제대로 익히지도 못한 상아는 광릉산보가 담긴 대통에서 어떤 소리도 듣지 못했을 것이다.
'한 번만 연주해 보자.'
결국 송현은 답답한 마음도 풀 겸 지금껏 연주했던 광릉산보의 곡을 연주해 보기로 마음먹었다.
그러나 등에 맨 거문고는 여전히 풀어놓지 않은 채다.
"될까?"
대신 의미를 알 수 없는 혼잣말과 함께 허공에 손을 휘저었다.
뚱—!
허공에서 거문고 소리가 났다.
전에 이초가 보여주었던 신위와 같은 현상이었다.

뚜둥! 둥—!

한 번도 시도해 본 적 없었던 송현이기에 이 같은 조화가 너무나 신기했다.

기묘한 기분이다.

가락이 움직이고, 그것이 보이지 않는 현이 되어 원하는 음을 만들어낸 것이다.

"후흡!"

송현은 깊게 숨을 들이켰다.

마음을 단단히 먹고 다시 손을 움직였다.

진지한 마음만큼이나 송현의 몸을 맴도는 가락에 실리는 의지도 한층 강해진다.

뚜웅—!

허공에 손가락을 까딱 움직이니 묵직한 거문고 소리가 한없이 낮은 곳을 향해 내려앉았다.

광릉산의 시작이다.

걸음을 옮기면서.

송현은 광릉산의 곡조를 좇았다.

전과는 달랐다.

송현의 발걸음이 스쳐 지나는 곳마다, 소로의 양 가에 난 풀들이 푸르른 생기를 되찾는다.

둥—!

송현의 손가락이 또다시 움직였다. 몸에 밴 가락이 출렁이며 또 다른 음의 거문고 소리를 만들었다.
송현의 손가락이 또다시 움직이고, 거둬지길 반복할수록 대기(大氣)에서부터 시작한 거문고 소리의 음도 하나둘 늘어난다.
의지가 깃든 송현의 가락도 점점 더 힘을 더해 갔다.
그럴수록 길가에 난 수풀도 점점 더 생기를 갖기 시작한다.
'이것이었나?'
순간 송현은 생각했다.
가락에 의지를 담고, 가락으로 광릉산보를 연주하는 것.
생각보다 그 시작과 과정이 좋다.
가능성이 적다 여겼건만, 오히려 이것이 광릉산보의 비밀을 여는 열쇠가 아닐까 하는 생각이 들 정도였다.
벌써 광릉산의 곡조도 평소에 가능했던 것보다 다섯 음이나 더 이어 나가고 있었다.
그러고도 한동안 송현의 연주는 계속해서 이어졌다.
질식할 듯한 숨 막힘도, 천근의 바위를 올려놓은 듯이 손이 무거워지는 현상도 없었다.
그러나.
"큭!"
송현이 신음과 함께 입술을 깨물었다.
지금껏 조용했던 것이 모두 거짓인 듯 뒤늦게 찾아온 압박감이 송현을 무섭게 짓눌렀다.

숨이 턱 하고 막혔다.

실오라기같이 가는 숨조차 허락하지 않았다.

손도 더 이상 움직이기를 거부하고 있었다.

보이지 않는 손이 억세게 손을 붙잡고 놓아주지 않는 듯했다.

혈액의 순환마저 막혔는지 얼굴 위에 굵은 혈관이 돋아져 나왔다. 곧 시퍼렇게 되고, 이내 검게 물든다.

'한 음만 더!'

송현은 움직이지 않는 손을 억지로 이끌었다.

까딱.

둥—!

다시 허공에 거문고 음을 만들어냈다.

타닥타닥.

그리고 느꼈다.

송현의 몸에 배인 가락이 가닥가닥 끊긴다. 어디서 났는지 모를 끈적끈적하고 음울한 무언가가 빠른 속도로 송현의 가락을 잠식해 가기 시작했다.

더 이상 가락에 송현의 의지는 담기지 않았다.

송현의 가락은 지금껏 송현이 알던 가락과는 전혀 다른 모습을 갖추고 있었다.

그리고 어느 순간.

기이이이익!!

움직이지 않던 손이 제멋대로 움직이기 시작했다.

대기에선 거문고 소리가 아닌, 정체를 알 수 없는 소리가 나오기 시작했다.

그리고 그것은 이내 귀곡성이 되었다.

뿐만 아니다.

어느새 가락은 송현의 의지와 상관없이 제멋대로 온몸을 헤집었다.

송현이 스쳐 지나갈 때마다 녹음의 생기를 뽐내던 들풀이 빠른 속도로 생기를 잃어가기 시작했다. 그러더니 이내 누렇게 말라비틀어졌다.

파삭.

말라비틀어진 들풀이 바스러져 흔적도 없이 사라졌다.

'음악이 어찌……!'

그 모습을 보고 송현은 놀랐고, 또 당황했다.

점점 더 주위로 말라 죽어가는 식물들이 많아졌다.

투둑! 투둑.

산 나무를 집 삼아 살아가던 벌레들이 죽어 힘없이 바닥으로 떨어져 내렸다.

이제 송현의 눈에도 보였다.

예전 이초가 광릉산보를 연주하던 송현에게서 보았던 귀기가 연주가 계속될수록 짙게 피어오르고 있었다.

독사처럼 송현의 주위를 맴돌아 휘감고 탐욕스럽게 혀를

날름거린다.

끈적하고 음울한 기운에 잠식당한 송현의 가락에도 서서히 귀기가 물들어 가고 있었다.

'사람의 음악이 아니야.'

송현은 자신이 연주한 광릉산의 곡이 사람의 음악이 아님을 깨달았다.

이건 차라리 망자의 노래. 혹은 귀신의 노래라 함이 어울렸다.

그러는 동안에도 손가락은 제멋대로 움직였다.

손가락의 흐름이 빨라질수록, 대기에서 나오는 음률은 점점 귀곡성으로 변해갔다.

그리고 점점 더 귀기의 잠식도 빨라지고 있었다.

가락이 움직였다.

송현의 발끝으로 쭉 내려갔다가 종아리를 타고 허벅지로, 허벅지를 타고 둔부를 지나 허리를 휘감았다. 잠시 멈추는 듯하더니 이번엔 어깨 위로 올라 목을 감고, 이내 송현의 정수리를 향해 올라간다.

송현은 본능적으로 위험을 감지했다.

'멈춰야 한다!'

귀기가 무슨 이유로 정수리를 향해 올라가는지는 알지 못했다.

하지만, 그 결과는 결코 좋은 쪽으로 나지 않을 것이란 사실은 알고 있었다.

'하지만 어떻게?'

막아야 한다 생각했지만, 막상 어떠한 방법으로 이를 막아야 하는지는 막막하기만 했다.

귀기의 시작은 송현의 의지를 무시한 채 제멋대로 움직이는 손가락 끝에서 만들어지는 귀곡성이다.

그렇다면, 더는 손가락을 움직이지 않는다면 상단을 침범하려는 가락의 움직임도 멎을 것이다.

그러나 문제는 송현이 손가락이 송현의 의지를 따르지 않는 다는 점이다.

'아버지!'

순간 이초가 떠올랐다.

이초는 송현이 광릉산의 연주로 힘에 부쳐 할 때마다 부드러운 목소리로 그 음의 흐름을 깨뜨리고는 했었다.

그것을 따라해야 한다.

지금 이 흐름을 깨뜨릴 소리를 만들어 한다.

손은 의지를 따르지 않고, 그것은 송현의 가락 또한 마찬가지다.

지금의 흐름을 끊을 수 있는 소리를 내야 하지만 당장 송현에겐 소리를 낼 수단이 없었다.

잠시 목을 열어 소리를 내어 보려했지만, 이미 숨까지 막힌 마당이니 소리가 나올 리 없다.

순간 당황했다.

'아!'

그러나 이내 송현은 아직 움직일 수 있는 곳을 찾아냈다.

쿵!

송현의 발이 바닥을 찍었다.

연주가 계속되는 동안에도 송현의 걸음을 계속하고 있었다. 오염된 가락은 발끝에서부터 송현의 몸을 타고 올랐음에도, 발을 묶어놓지 않았던 것이다.

쩡ㅡ!

순간 사방에서 사기그릇이 깨져 나가는 소리가 터져 나왔다.

"컥!"

그리고 동시에 송현의 입에선 시커멓게 죽어버린 피가 쏟아져 나왔다.

한 바가지나 될 법한 피를 쏟아냈다.

그리고도 막힌 숨을 되찾기 위해 한동안 거친 숨을 내쉬어야 했다.

송현은 깨달았다.

"이건… 광릉산이 아니야!"

산 것을 죽이는 곡이다.

귀신의 울음소리를 내는 것도 모자라 가락마저 잠식해 버리는 곡이다.

전해지는 전설 어디에도 광릉산이 이와 같다 전해지는 것은 단 하나도 없었다.

송현은 자신이 익힌 곡이 광릉산이 아님을 확신했다.

쏴아아아아.

미풍이 불었다.

바람에 누렇게 죽어버린 나뭇잎과, 들풀의 풀잎이 바스러져 흩날렸다.

* * *

이초는 고개를 들어 한 곳을 바라봤다.

알록달록한 가을 산의 모습에 유독 눈에 띄는 것이 있었다.

산 아래로 향하는 소로가 난 길.

사시사철 푸르러야 할 소나무 군락이 위치한 곳이었다.

그중 한곳이 유독 앙상한 가지만 남긴 채 죽어 있었다. 마치 누군가 일부로 그렇게 만들어놓은 풍경에 이초는 혀를 찼다.

"쯧쯧쯧. 가락을 이용해 연주한 모양이구나."

하루아침에 죽어버린 소나무 군락.

자연의 힘이 아무리 신묘하다 한들, 하루아침에 이러한 결과를 만들어내기는 어려운 일이었다.

이초는 단번에 그것을 보고 송현이 자신 없이 광릉산을 연주하였음을 깨달았다. 아니, 이미 귀곡성을 들었으니 더는 생각할 여지조차 남아 있지 않았었다.

"…혹, 귀기가 네놈의 가락을 아귀처럼 집어삼키지는 않더냐?"

"집어삼켰었습니다."

"허!"

솔직한 송현의 대답에 이초는 낮게 탄식했다.

불길한 예상이 들어맞았다.

이초 또한 송현과 같은 생각을 안 해본 바가 아니었다. 이미 오래전에 지금의 송현이 했던 시도와 똑같은 시도를 한 바 있었다.

그냥 연주하는 것으로는 더 이상 진도가 나가지 않았기에 시도해 보았던 방법이었다.

그렇기에 그것이 얼마나 위험한 행동인지도 알고 있었다.

이초의 몸에 원래의 가락 말고도 광릉산보의 가락이 달라붙은 것은 그때부터였었다.

"그동안 가락에 의지를 심던 일은 없어 내 안심했거늘, 어찌 그런 생각을 하였느냐? 그리 조급했더냐?"

사실 가락을 이용하는 방법의 위험을 알면서도 부러 이야기하지 않았다.

송현이 가락에 의지를 담는 것에 크게 관심을 두지 않았기 때문이다. 그저 자신의 가락이 무엇인지 깨닫고, 세상의 곡들을 자신의 것으로 만드는 것에 만족했었으니까.

실지로 송현이 가락에 의지를 부여한 것은, 그저 많은 인파들 속에서 길을 걷는 것뿐이었다.

또 한편으로는 괜히 그 위험을 경고했다, 섣부른 호기심이나 자극할까 하는 걱정 때문이기도 했다.

본디 사람이란, 하지 말라는 일일 수록 더욱 하고 싶어 하는 법이니 말이다.

'일이 이리될 줄 알았다면 내 미리 경고할 것을…….'

이초는 속으로 미리 이 사실을 알려주지 않은 자신을 탓하고 있었다.

"그래, 고비를 넘기니 좀 어떻더냐? 얻은 것은 있었더냐?"

그러면서도 물었다.

이초와 송현은 달랐다. 송현의 몸에 묻은 가락은 이초의 가락보다 강한 힘을 품고 있었고, 이초와 달리 송현은 상단전엔 바늘구멍만 한 틈이 열려 있었다.

시도는 같았으나, 어쩌면 얻은 것은 달랐을지도 몰랐다.

이초의 물음에 송현은 담담히 말했다.

"깨달은 것이 있었습니다."

"호! 깨달은 것? 무엇이냐?"

이초가 눈을 빛내며 물었다. 혹시나 하는 마음으로 물은 것인데 송현이 깨달은 바가 있다 하였으니 절로 대답을 기대하게 된다.

그러나 송현의 대답은 이미 이초가 알고 있는 것과 하등 다를 바 없는 것이었다.

"사람의 곡이 아니었습니다."

"흘흘흘! 그렇지. 그래. 사람의 곡이 아니지. 그리고?"

"독 같은 곡이었습니다."

독 같은 곡.

송현은 자신이 연주했던 곡을 독 같은 곡이라 표현했다.

"살아 있는 것의 모든 것을 집어삼키는 노래였습니다. 생각과 감정, 그리고 시간과 생기마저도 집어삼켰습니다. 무엇보다 무서운 것은……."

"그 무서움을 알면서도 다시금 연주하고 싶어지겠지. 그래. 네놈 말대로 독에 중독된 것처럼 자꾸만 찾게 되는 게야."

이초가 송현의 말을 받았다.

이미 송현이 겪어온 일들을 먼저 경험한 이초였다.

송현이 어찌하여 독 같은 노래라 칭했는지 모를 이초가 아니었다.

"예, 그렇습니다."

송현은 고개를 끄덕였다.

그리고 슬쩍 자신의 손가락을 살폈다.

손가락이 꿈틀거린다. 미약한 움직임이었지만, 그 움직임은 필시 중단된 광릉산의 음률을 좇고 있었다.

이상한 일이다.

죽을지도 모를 위기를 겪었다.

이 곡이 얼마나 무서운 곳인지 온몸으로 확인하였는데도 자꾸만 무의식적으로 곡을 떠올리게 된다.

조금만 더.

보이지도 잡히지도 않던 무언가를 조금만 더 좇으면 잡을 수도 볼 수도 있을 것만 같다.

그 미망이 송현을 유혹하고 있었다.

꽈악.

송현은 힘주어 주먹을 쥐었다.

더 이상 손가락은 광릉산의 음률을 좇지 않는다.

그리고 이초를 바라보았다.

"여쭐 것이 있습니다."

"하거라."

"형님께서는 언제 이것이 음보임을 아셨습니까?"

"응? 네놈은 뜬금없이 그것을 어찌 묻는 게냐?"

송현의 질문이 의외였는지 이초는 눈을 크게 뜨고 되물었다.

"……."

송현은 대답하지 않았다.

그저 이초를 응시하며 무언으로 대답을 구할 뿐이었다.

"여덟 살이 되던 해였다. 광릉산보에 노래가 담겼다 하더구나."

"아……!"

동시에 송현의 입에서 낮은 감탄이 흘러나왔다.

'여덟 살이라면 지금 상아와 비슷한 나이야.'

처음 죽간이 음보임을 알아본 이가 죽은 이초의 아들이었다. 그리고 그때의 그의 나이가 상아와 비슷하다. 심지어 상아가 죽간이 담긴 죽통에서 노래를 들었듯, 그는 죽간에 노래가 담겨 있다고 표현했다.

'형님은 처음부터 광릉산보에서 음보를 보신 것이 아니었어.'

이로써 불확실했던 것이 확실해졌다.

"이제야 알겠습니다."

송현이 말했다.

"무엇을 말이냐?"

그 말에 이초가 질문을 던진다.

이초의 질문에 송현은 걸음을 옮겨 죽간을 잡아들었다.

"이것은 정말 광릉산보일지도 모릅니다."

그리고 이번에는 이초와 그의 죽은 아들이 함께 연구하여 만든 해석본을 들었다.

"하지만 이것은 광릉산보가 아닙니다."

* * *

늦은 저녁.

이초의 마당에선 하얀 연기가 피어올랐다.

불꽃이 춤을 춘다.

화륵!

그 안에 낱장으로 찢어진 책자가 던져졌다. 불은 순식간에 책자를 집어삼키며 하얗게 재를 만들어낸다.

이초와 그의 아들이 만든 해석본이었다.

부웅!

송현은 말없이 해석본을 찢어 불속에 던지기를 반복할 뿐이다.

그렇게 얼마나 지났을까.

송현이 고개를 돌려 뒤를 바라보았다.

그곳에 가만히 타오르는 불꽃을 바라보는 이초가 있었다.

"불편하지 않으십니까?"

송현이 그런 이초를 향해 물었다.

"무엇이 말이냐?"

"제가 형님과 아버님의 추억이 담긴 해석본을 불태우는 일이요."

"클클클클."

송현의 물음에 이초가 웃는다.

그 웃음에 담긴 공허한 감정이 마당을 가득 채웠다.

"죄송합니다."

송현은 고개를 숙였다.

해석본을 불태우는 것은 이초와 한마디 상의도 없이 행한 일이었다.

그러나 송현은 알고 있었다.

해석본은 단지 광릉산보를 음보로 옮겨 적은 것이 전부가 아니다. 그 속에는 이초와 죽은 그의 아들의 시간마저 담겨져 있다.

그것이 불타 사라져 버리는 것을 지켜보는 이초의 마음이 어떠할 지는 감히 짐작도 가지 않는다.

"죄송하면 어찌하여 태우는 것이냐?"

허허로운 이초의 물음에 송현은 대답했다.

"미망을 지우기 위해서입니다."

"독에서 벗어나기 위함이라는 말이냐?"

"예, 이것이 광릉산보가 아님을 알면서도, 사람의 음악이 아님을 알면서도 언젠간 탐할 것 같았습니다."

"네가 말이냐? 아니면 내가 말이냐?"

정곡을 찔렀다.

"……."

예상치 못한 질문에 송현은 끝내 입을 다물어야 했다.

송현 자신을 위해서이기도 했다. 하지만, 동시에 이초를 위해서이기도 했다.

독과 같은 물건이다.

한번 그 맛을 보면 중독되어 언제고 다시금 찾게끔 되어 있었다. 그것이 송현이든 이초든, 아니면 다른 누군가이든 마찬가지다.

"그래, 그럴지도 모르겠구나. 절음을 하였다 스스로 소리치고 다녔던 나였으나, 네놈을 만나지 못하였다면 부나방처럼 언제고 그 물건에 다시 손을 대었을지도 모르겠구나."

이초는 담담히 사실을 인정했다.

나방은 죽음을 알면서도 타오르는 불꽃에 몸을 내던진다. 불꽃에 타올라 한줌 재로 변하는 동족을 보면서도, 불꽃에 내던지는 자신의 몸을 주체하지 못한다.

부나방의 어리석음인지, 죽음의 유혹이 그처럼 치명적인 것인지는 알지 못한다.

그러나 이것은 안다.

"한번 소중한 것을 잃었더니, 그 소중함을 알겠더구나. 다시, 새로 소중한 것이 생겼더니, 이제는 목숨이 귀한 줄을 알겠더구나."

잃었던 소중함은 죽은 아들이다.

새로 생긴 소중함은 이초의 새 아들 송현이다. 송현으로 인해 이초는 목숨이 귀함을 깨달았다.

"죄송해할 것 없다."

이초는 송현에게 말했다.

그리고 웃었다.

"죽은 자식만 내 자식이더냐. 네놈 또한 내 자식이다. 한데 무엇이 죄송하다 하느냐."

"…죄송합니다. 죄송합니다."

죄송하다 하지 말라는 이초의 말에도 송현은 거듭 죄송하다는 말을 했다.

그렇게 해야만 할 것 같았다.

아니, 그렇게 하고 싶었다.

"나는 그 아이를 보내어 주었고, 너는 내게 왔다. 그 아이와의 추억이 어디 물건에 담겨 있겠느냐. 추억은 이미 마음에 담겨 있는데 한낱 물건 따위가 아까울까. 새로운 추억이 여기 있는데 어찌 아쉬워할까. 나는 잃은 것이 없고, 얻을 것만이 가득한데 어찌 너는 미안타 하느냐. 괜찮다. 나는 괜찮아."

이초가 그런 송현의 어깨를 다독여 주었다.

차분히 가라앉은 이초의 모습은 평소와는 다른 것이었다. 그러나 동시에 평소와 다른 이초의 모습에서조차 진심이 가득했다.

이초가 물었다.

"하면? 이제 어찌할 것이냐? 광릉산을 얻는 것은 포기할 것이냐?"

"아닙니다."

송현이 고개를 저었다.

"하면?"

"이제 진짜 광릉산을 찾아야지요."

송현은 대답했다.

거짓을 버리고 미망을 끊었다. 그러니 이제 진실을 좇을 차례였다.

제4장
손님이 찾아오다

樂武林

봄이 되었다.

온 산을 뒤덮었던 흰 눈은 모두 녹아 내렸다. 눈 쌓인 언 땅이 녹아 푸른 싹을 틔운다. 꽁꽁 얼었던 계곡도 녹아 다시 흘러내렸다.

송현은 연주했다.

거문고를 무릎 위에 올려두고 자유롭게 음률을 탄다.

광릉산보에 집착했던 예전의 마음과 달리, 이제는 광릉산에는 신경도 쓰지 않는 눈치였다.

마음을 편하게 먹기로 했다.

광릉산이 애써 탐구하여 익힐 수 있는 곡조가 아님을 깨달았다.

또한 이를 해석하여 억지로 익힐 수 있는 것도 아님을 알았다. 광릉산보 해석본을 불에 태움으로써 광릉산에 남은 미망마저도 태워 날려 보냈다.

진짜 광릉산을 얻겠다던 송현은 오히려 마음을 비웠다.

광릉산은 아이는 들을 수 있고, 어른은 들을 수 없는 노래다.

죽은 이초의 아들이 그랬고, 상아가 그랬다.

순수함.

아무것도 담기지 않은 순수함이 결국 광릉산보 속에 숨겨진 노래를 들을 수 있는 열쇠일 것이다.

송현은 그리 생각했다.

또한 그 순수함이란 사람의 인위로 얻을 수 있는 것 또한 아님을 안다.

그저 마음을 비우고, 광릉산의 곡조를 접할 수 있을 때가 되기를 기다릴 뿐이었다.

송현은 이제 음악과 음률에 온전히 집중했다.

바람이 불었다. 바람에 노란 봄 꽃잎 하나가 실려와 송현의 거문고 위를 비행한다.

이상한 일이다.

바람결에 실려 날아온 꽃잎은 떨어지지도, 떠나지도 않으며 송현의 거문고 위에 머물러 있었다.

마치 송현의 연주에 춤추는 나비 같았다.

송현의 연주는 봄에 어울리는 싱그러운 음률이었다.

"허……. 이제는 신선이 되려는구나!"

이초는 그런 송현의 모습을 보고 혀를 내둘렀다.

스스로 미망을 떨쳐낸 이후 송현은 확실히 전과는 달라졌다.

자신의 가락에 의지를 싣는 것이 자연스러워졌다.

의지가 가락에 깃들고, 그 가락이 자연과 화합한다.

'저놈이 언제 또 상단(上丹)을 열었단 말인가…….'

상단전(上丹田)이라함은 도가에서 흔히 사용되는 말이지만, 불가에서도 그와 같은 맥락의 개념이 존재하고 있었다.

천기와 통하는 문.

이초는 지금 천지자연을 부리는 송현의 모습에서 송현의 상단이 열렸음을 확인할 수 있었다.

'스스로 반이나 열린 상단이라…….'

그 힘이 많고 적음의 문제는 아니다.

그저 예인의 몸으로 천지자연의 일부나마 부릴 수 있다는 사실만으로도 충분히 대단한 일이었다.

"클클클클."

이초는 절로 웃음이 나왔다.

'이미 나를 넘어선 지 오래되었음이야.'

송현이 광릉산의 미망을 버렸을 때.

그때부터 이미 송현은 이초를 넘어서 버린 지 오래였다. 다만, 음악인지 음공인지 모를 연주가 불안하여 지켜보았던 것이다.

하나, 이제는 그럴 필요가 없음을 확인하였다.

"……."

그사이 연주는 끝이 났다.

송현은 반개한 눈을 뜨고 자리에서 일어섰다.

"이제는 조절이 가능하더냐?"

이초가 물었다.

그 물음의 의미가 자신의 가락으로 천지자연의 호응을 이끌어내는 송현의 능력을 조절할 수 있는지에 대한 물음이다.

"예, 이제는 숨 쉬듯 자연스럽네요. 힘을 내는 것이라면 몰라도, 힘을 누르는 것이라면 자연스럽게 돼요."

송현이 웃으며 말했다.

"클클클. 장하구나."

이초가 그런 송현을 흡족하게 바라보았다.

"늦겠다. 가거라."

이초가 말했다.

동호연이 있는 날이다. 아침 식사를 마치고 곧장 시작한 거문고 연주에 어느덧 시간이 정오에 가까워져 가고 있었다.

"아버지는 안 내려가십니까? 의방은요?"

"되었다. 의방은 내 내일 내려갈 것이니 신경 쓸 것 없다."

"그럼 다녀오겠습니다."

송현이 꾸벅 인사를 올리고는 거문고를 들어 어깨에 메었다.

동호연을 참석하는 데 따로 준비할 것은 없다.

그저 이대로 악양루에 시간을 맞춰 가기만 하면 된다.

"그래, 그럼 다녀오려무나."

이초가 싸리나무 대문 앞까지 나서 송현을 배웅했다.

평소에는 늘 마루 맡에 앉아 송현을 배웅하던 때와는 다른 모습이었다.

송현은 그러한 이초의 배웅이 의아한 한편, 입가에 웃음을 베어 물었다.

"들어가세요. 아직 바람이 차갑습니다."

"오냐. 그건 내 알아서 할 터이니 너는 늦지 않게 내려가거라. 이왕 내려가는 길이니 오늘은 그 상아라는 아이의 집에서 신세를 지는 것도 좋을 듯하다."

자상하다.

송현은 이초의 말투가 평소보다 자상하다고 느꼈다.

그 흔한 입버릇 같은 거친 말투도 사용하지 않았다. 점점 더 의아해진다.

그러나 콕 짚어 그 의아함을 물어보기도 애매한 분위기다.

"괜찮겠습니까?"

상아의 집에서 하룻밤 신세를 지고 오라고 한 이초의 명에 대한 반문이었다.

송현이 상아의 집에서 하룻밤을 머물게 되면, 이초는 홀로 밤을 보내야 한다.

그것이 못내 걱정되었다.

이초가 웃었다.

"클클클! 이놈아! 아무렴. 내가 이 나이에 혼자 보내는 밤이 무서워 이불에 오줌이라도 쌀 줄 알았느냐. 죽을 때가 되었을지는 몰라도, 노망이 든 것은 아니다. 욘석아!"

이초의 대답에 송현은 마음이 놓였다.

평소와 다른 이초의 말투와 행동에 적지 않게 당황스럽고, 또 한편으로는 걱정되었던 송현이다.

그런데 이번 대답에는 평소와 같은 거친 말투가 섞여 있었다.

"그럼 다녀오겠습니다."

송현이 인사를 마치고 산 아래를 향해 발길을 돌렸다.

그런 송현의 등 뒤로 이초의 걱정 섞인 당부가 들려왔다.

"요즘 비천마경(飛天魔經)이니 뭐니 하는 물건 때문에 산 아래가 시끄럽다 하더구나. 무림인의 일이니 악사인 네가 해를 당할 일이야 없을 것이다. 하나, 세상일이란 한 치 앞도 모르는 법이니 네놈도 알아서 잘 처신하여야 할 것이야!"

송현의 가던 발길을 멈추고 이초를 바라봤다.

"예, 그리하도록 하겠습니다."

대답하는 송현의 목소리에는 온기가 가득하다.

이초의 당부가 꼭 어린 자식을 나들이 보내는 어미의 당부와 같다 느낀 것이다.

송현은 재차 멈추었던 발걸음을 재촉했다.

이초는 송현의 모습이 더는 보이지 않을 때까지 대문 앞에서서 송현을 배웅하였다.

"클클클."

이초가 웃었다.

그런데 이상한 일이다.

그 웃음에 담긴 것은 정도, 흐뭇함도 아니었다. 그것은 슬픔이었다.

"이초야! 이 박복한 녀석아! 너는 어찌 사람의 연이 이리 야박하기만 하단 말이냐."

이초는 들리지 않을 만큼 작은 목소리로 홀로 중얼거렸다.

눈은 산 아래로 내려간 송현을 찾지만, 이미 나무에 가려진 송현의 모습은 더는 좇을 수가 없었다.

이초는 그러고도 한참을 그 자리에 있었다.

*　　*　　*

악양 인근 현에서 비천마경이라는 마공서가 발견되었다고 한다. 십여 년 전 무림맹과의 결전 이후 사라진 백마신궁(百

魔神宮)의 무공비급이라 하였다.

악사인 송현이야 그런 물건에 관심을 둘 리 없었으나, 문제는 사람들이 모두 송현과 같지 않다는 점이었다.

청운의 희망을 품은 무림인들이 악양을 찾아오기 시작했다. 개중에는 예의를 아는 이들도 있었으나, 또 개중에는 야수같이 거칠고 예의를 경시하는 이들도 있었으니 최근 악양은 그로 인해 몸살을 앓고 있었다.

이초가 염려하는 것도 그 때문이리라.

사람의 일이란 것이 한 치 앞도 알 수 없는 것이라 혹여나 송현이 운 없게 그들의 일에 말려들어 변이나 당하지 않을까 염려되는 것이다.

그러한 이초의 걱정이 그저 근거 없는 조바심만이 아님은 산 아래를 내려오면서부터 실감했다.

칼 찬 무림인들이 평소보다 많이 보인다.

그 때문인지, 길거리 이곳저곳에서 칼부림을 부리는 경우도 종종 찾아볼 수 있었다.

송현은 이초의 당부대로 그런 그들과 엮이지 않도록 주의하며 길을 걸었다.

그렇게 막 악양루를 지근에 두었을 때였다.

가득 모인 사람들이 길을 막고 있었다. 무엇을 그리 구경하는지 길 한복판을 중심으로 겹겹이 모여 둥글게 원을 그린 그들의 모습에 송현은 낮게 한숨을 내쉬었다.

“또 무림인끼리 싸우는 모양이구나.”

사람들의 웅성거림 속에 철과 철이 부딪치는 날카로운 소리가 섞여 있었다.

보나마나 사비가 붙은 무림인끼리 다툼을 벌이고 있을 것이다.

‘말로 하면 좋으련만.’

송현은 안타까운 마음을 속으로 삼켰다.

무인이란 불같은 데가 있어서 말로 잘잘못을 가리기보단 힘으로 잘잘못을 가리기를 좋아한다고 들었다.

실제로 최근 송현이 겪어본 무림인들이 모두 그러했다.

작은 불화에도 이내 크게 다툼이 생기고, 그것도 모자라 생사를 걸고 무기를 겨누었다.

송현은 그것이 좀처럼 이해되지 않았다.

“일단은 지나가야겠지?”

송현은 길을 가로막아 버린 인의 장벽을 보며 중얼거렸다.

길을 지나야 악양루로 향할 수 있는데, 사람들로 인해 길이 막혔으니 그 틈을 비집고 지나가야 했다.

비틀. 비틀.

송현은 술 취한 사람처럼 비틀거리며 앞을 가로막는 사람들 틈을 스쳐 지나갔다.

가락을 깨닫고, 이제 그것을 자유자재로 운용하는 법까지 익혔으니 사람들의 좁은 틈을 비집고 지나가는 것쯤은 그리

어려운 일이 아니었다.

차차창!

송현은 금세 맨 앞으로 도착해 있었다.

쇠붙이와 쇠붙이가 부딪치는 소리가 귓가를 시끄럽게 파고들었다.

눈앞에서 두 무림인이 검을 부딪치고 있었다.

"여자?"

무심코 스쳐보고 지나가려던 순간 자신도 모르게 중얼거렸다.

싸우는 두 사람의 몸놀림은 필경 무림인의 그것과 같았다.

이상한 것은 두 무림인의 성별이었다.

한 사람은 마흔을 훌쩍 넘은 사나운 인상의 사내인데 반해, 그에 맞서는 무림인은 고작 송현의 나이 또래쯤이나 되었을까 싶은 젊은 여인이었다.

'무림인 중 여인은 처음이구나.'

송현은 속으로 중얼거렸다.

무인의 삶이란 거친 야생의 삶이라 했다. 짐승 같은 사내도 무림의 삶을 이기지 못하고 쓰러지는 일이 허다하다고도 들었다.

이를 반증하듯 송현이 본 무림인들은 대부분 사내였다.

무림인 중에서는 처음으로 본 여인이기에 송현의 관심이 향했다.

'얼음 같구나.'

눈동자는 차갑게 가라앉아 있었다. 서리가 어린 표정은 마음을 가늠하기가 어렵다. 자연스럽게 흘러나오는 기운마저 냉기가 가득하다.

그녀는 대단한 미인이었으나, 그녀가 가진 분위기가 쉬 다가 설 수 없게 만들었다.

"허수아비의 이름으로 이 철랑독아(鐵狼毒牙)를 굴복시킬 수 있을 줄 알았느냐!"

그에 반해 그녀를 향해 검을 휘두르는 사내는 한 마리 짐승과 같았다.

히쭉 벌린 입술 사이로 드러난 송곳니는 으르렁거리는 늑대의 모습을 보는 듯했다. 아무렇게 자른 그의 머리칼이 산발되어 흩날렸다.

거칠고 포악하다. 그리고 힘이 넘친다.

그런 그에게 맞서는 그녀는 견고하고 날카롭다. 그리고 냉철하다.

두 사람의 검이 맞부딪치는 소리가 송현에게는 하나의 합주로 들렸다. 아니, 합주라기보다는 음과 음. 가락과 가락의 힘겨루기라는 표현이 어울렸다.

송현은 두 사람의 부딪침 속에서 가락을 엿보고 있는 것이었다.

송현은 저도 모르게 그 속에 빠져들었다.

"아!"

그러다 정신을 차렸다.

급히 고개를 내젓고 두 사람이 만들어내는 음률에 빼앗긴 정신을 되찾았다.

'이러고 있을 때가 아니야.'

시간에 맞춰 악양루로 가야 했다.

구경꾼들 중 맨 앞에 서서 무림인끼리의 대결을 구경할 시간이 없다. 하물며, 집에 나서기 전 이초의 당부를 기억하고 있는 다음에야 더 이상 이곳에 있을 이유가 없었다.

서둘러 자리를 떠나려 했다.

"음?"

그러나 그런 송현의 발걸음은 얼마 안 가 멈춰져야만 했다.

익숙한 사람의 얼굴이 보인다.

"도와드려야겠는걸?"

몰려든 구경꾼들 사이에 갇혀 곤란한 표정을 짓고 있는 모습에 송현은 걸음의 방향을 조금 바꾸었다.

"루주님!"

사람들 틈에 끼어 옴짝달싹 못한 채 갇혀 버린 장서희는 익숙한 목소리에 힘겹게 고개를 돌렸다.

"송 악사님?"

장서희가 놀란 눈으로 송현을 바라보았다.

송현은 빙그레 웃었다.

"불편해 보이시네요."

사람들 틈에 치여 있는 장서희의 모습을 보며 말하는 것이리라.

장서희는 옅게 미소를 흘렸다.

"보시다 시피요. 조금 곤란하게 되었네요."

"나갈까요?"

송현이 물었다.

"여기를요?"

사람들로 가득차서 옴짝달싹도 하지 못했던 장서희다. 자리를 피하는 것은 엄두도 내지 못한 채, 그저 좌우로 밀려드는 이들 속에서 넘어지지 않게 안간힘을 쓰는 게 최선이었다.

그런데 송현이 나가자 하니 놀란 것이다.

"그럼 나갈게요."

덥석.

송현은 장서희를 잡았다.

'어느새?'

정신을 차려 보니 송현에게 손목을 내어주고 있었다. 장서희의 손목을 잡은 송현의 거친 손은 장서희를 잡아당겼다.

쑥!

사람들의 틈새에 끼어 오가지도 못하던 것이 무색하게 갇혔던 몸이 쏙 빠진다.

송현은 그런 장서희를 이끌었다.

한 발자국도 감히 내딛을 수 없을 만큼 비좁은 사람들의 틈을 헤치고 나가면서도 송현은 단 한 번도 걸음을 멈추지 않았다.

어느새 정신을 차려보니 이미 군중들 밖으로 빠져 나온 뒤였다.

신기한 일이었다.

장서희는 새삼 송현이 다시 보였다.

"보법을 익히셨나요?"

가득 찬 사람들 틈을 헤치고 나가던 송현의 발걸음.

한 번의 멈춤도 없이 나아가던 그 발걸음은 물 흐르듯 유연했다.

마치 무림인들이 익히는 보법(步法)을 보는 듯했다.

"예? 보법이요?"

예상치 못한 질문에 송현이 고개를 갸웃거렸다.

그리고는 이내 고개를 젓는다.

"아니요. 보법은 익히지 않았습니다."

"그러면 어떻게 이런 일이 가능한 거죠?"

"그건……."

송현은 대답하려다 말고 방금 지나온 길을 바라본다.

무림인끼리의 대결을 구경하는 사람들의 뒷모습만 가득한데도, 송현은 무엇을 보는지 잠시 말이 없었다.

"이런! 곧 끝나겠네요."

"무엇이 말이죠? 대결 말인가요?"

"예, 저희도 어서 이동해야겠습니다. 괜히 얽히면 또 곤란해질지도 모르니까요."

두 무림인 간의 힘겨루기가 끝나고 나면 구름처럼 몰려들었던 구경꾼들도 제 갈 길을 찾아 걸음을 옮길 것이다.

그 많은 사람이 한번에 쏟아져 나오게 되면 보나마나 그 인파에 휩쓸려 고생을 자초할 것이 뻔했다.

송현은 그전에 먼저 이곳과 최대한 거리를 벌려 두는 것이 좋을 것이라 여겼다.

"궁금하지 않으신가요?"

그런 송현에게 장서희가 물었다.

"네? 무엇이 말입니까?"

"저 두 사람이요. 철랑독아는 악양에서 유명한 무림인이에요. 그리고 저 젊은 소저는……."

유독 이곳에 구경꾼들이 몰린 데에는 그만한 이유가 있었다.

흔치 않은 여무사.

그리고 그녀와 검을 겨누고 있는 사내는 악양에서도 제법 이름을 떨치고 있는

"관심 없습니다. 어차피 결과도 빤할 테니까요."

송현이 웃으며 대답했다.

"빤하다니요?"

"여성분이 이기실 겁니다."

송현의 대답은 단정적이었다. 마치 다른 가능성은 생각할 필요조차 없다는 듯 확정적이다.

"왜죠? 철랑독아는 악양에서도 제법 이름 있는 무인이에요. 그가 익힌 혈랑검법은 어지간한 고수도 예측하기 어려울 만큼 변칙적인 것으로 유명해요. 악양의 손꼽히는 무림인들도 철랑독아와 맞붙는 것은 부담스럽다 하더군요."

악양루의 루주인 탓에 악양인근의 소식에는 능한 장서희였다.

악양에서 제법 이름을 얻은 철랑독아에 대한 소식도 알고 있었다.

이처럼 가볍게 여겨질 이름은 아니었다.

실제로 장서희가 마지막까지 본 두 무인의 대결 양상은 철랑독아의 일방적인 공세로 진행되고 있었다. 여인은 방어를 단단히 하며 철랑독아의 검격을 쳐내기만 할 뿐, 이렇다 할 반격을 시도하지는 못하고 있었다.

오히려 송현이 철랑독아의 승리를 점쳤다면 지금보단 납득하기 쉬웠을 것이다.

송현이 웃었다.

"맹수 같지요?"

"예? 철랑독아를 말씀하시는 건가요?"

"예, 그는 맹수 같은 사람입니다. 그의 무공은 모르지만, 그의 검에서 나는 소리는 모두 성난 맹수를 닮았더군요. 그래서 무섭다고 하는지도 모르겠습니다. 사납고 집요한데다, 어떤 공격이 들어올지 예측하기 힘들 것입니다. 한번 기세를 타면 점점 더 흉포해지고 무서워지겠지요."

장서희는 오늘 여러 번 놀랐다.

송현의 말은 사실이었다. 철랑독아에 대한 세간의 평가가 그랬다. 검격은 사납고 집요한데다, 종잡을 수 없을 만큼 변칙적이다. 때문에 어지간한 고수도 그를 상대함에 있어 상당한 심력을 쏟아야 하는 것이다.

"맞아요. 알고 있었나요?"

"아니요. 방금 알았습니다. 그에 반해 저 여인은……."

"여인은요?"

"얼음 같습니다. 차갑고 냉철하죠. 더욱이 날카롭고 단단합니다. 수세에 몰린 듯 움츠리고 있지만, 검이 부딪칠 때마다 흘러나오는 소리는 언제나 간결하고 효율적이지요. 힘을 비축하며 기회를 노린다고 해야 할지도 모르겠군요. 아마 수세에서 공세로 바뀌는 순간 승부는 일합으로 끝날 것입……. 이런!"

한참 이야기하던 송현이 안타까운 한숨이 터져 나왔다.

"와아아아아!"

"여인이 제법이군그래!"

그리고 등 뒤에서 들려오는 구경꾼들의 함성.

"끝났나 보군요. 어서 가시지요."

송현은 더는 볼 것 없다는 듯 걸음을 재촉했다. 벌써 저만치 앞서 걸어가는 송현의 모습을 장서희는 아연해서 지켜보았다.

그러다 고개를 돌려 대결의 결과를 확인했다.

'정말이야.'

하나둘 흩어지는 사람들 사이로 두 무림인의 대결 결과가 드러나 있었다.

시린 검신이 목젖을 반 치 앞두고 멈춰 서 있다.

여기저기 이가 나간 검 하나는 바닥을 구른다.

철랑독아는 검을 놓쳤고, 여인은 그런 철랑독아의 목젖에 검을 겨누고 있었다.

"허! 천하의 철랑독아가 단 일합에 패할 줄이야."

"그러게 말일세. 그것도 저렇게 고운 여인에게……."

흩어져 지나가는 구경꾼들의 이야기가 장서희의 귓가로 들려왔다.

놀랍게도 결과는 송현이 이야기한 그대로였다.

심지어 여인의 일합으로 승부가 끝날 것이라 했던 예측마저도 그대로 맞아 떨어졌다.

의문이 들었다.

'어떻게?

송현을 지켜보았던 장서희다.
송현이 무림에 관심을 두지 않는 다는 것도 알고 있었다.
그런데도 송현은 결과를 맞추었다.
어떠한 사전 정보 없이. 심지어, 직접 눈으로 확인하지도 않고 정확히 맞추어낸 결과였다.
무공을 익히기는커녕, 무림에 관심조차 두지 않던 악사가 무림인 간의 대결을 정확히 예견한 것이다.
그것은 장서희가 가진 상식으로는 도저히 이해키 어려운 일이었다.
'대체 어떻게?'
장서희는 돌아오지 않을 대답을 속으로 반복했다.

장서희가 송현을 보며 의문을 품는 사이.
악양루를 향해 먼저 걸음을 옮기던 송현도 문득 고개를 갸웃거렸다.
"굳이 그럴 필요까진 없었을 텐데?"
송현은 좀 전에 끝난 두 남녀 무림인 간의 대결을 회상하고 있었다.
비록 눈으로 보지는 못하였으나, 이미 귀로 들었다.
두 사람의 검이 부딪칠 때마다 터져 나오는 소리로 이미 두 사람의 가락을 엿들었다.
두 사람의 검이 부딪쳐 소리를 내지 않았다면 모를까, 이미 부딪쳐 소리를 만들어낸 이상 송현이 그 속에 숨겨진 두 사람의 가락을 읽어내는 일은 그리 어려운 일이 아니었다.

지금 생각해 보면 처음 악양으로 향하는 배에 올랐을 때 장사웅의 걸음 소리에서 얼핏 음률을 들었던 것 또한 그와 비슷한 경우가 아닐까 싶다.

그것이 이초와의 합주를 통해 자신의 몸에 묻은 가락을 깨닫기 시작하면서부터 보다 확실하고 선명해졌다고 보는 것이 맞을 것이다.

이초와의 합주로 깨달음을 얻은 이후 자신의 가락으로 천지자연의 호응 이끌어내듯, 타인의 드러난 가락으로 그 음률을 읽어내는 것이다.

이번에도 마찬가지였다.

두 무림인.

그들의 검격에서 터져 나오는 소리에는 가락이 있고, 음률이 있었다.

송현이 철랑독아와 그에 맞서는 여인의 무공을 파악한 것도 그 때문이었다.

철랑독아의 검이 만들어내는 음률은 크고 거칠었다. 박자감도 빠른데다 종잡을 수 없어 그 뒤를 예측하기가 쉽지 않았다. 변칙적인 박자감에 공격적인 음색이었다.

그에 반해 여인의 검이 가진 음률은 그와는 정반대의 색을 띠고 있었다. 마치 만년설이 뒤덮인 설산처럼 부러 큰 소리를 내지 않는다. 단단하며 무겁고 담담했다. 하지만, 그 박자감은 살을 에는 북풍한설처럼 날카롭고 유연했다.

송현이 여인의 승리를 예견한 것도 그 음률 때문이었다.

기세가 오른 철랑독아의 음률은 서서히 여인의 음률에 묻히기 시작했다. 그 변화는 미약한 정도였지만, 결과에서 나타나는 차이는 크다.

설산은 부러 큰 소리를 내는 법이 없지만, 한번 움직이기 시작하면 걷잡을 수 없는 법이다.

이미 음률을 점령당하기 시작한 철랑독아로서는 그것을 막을 도리가 없다.

만약 송현이 철랑독아였다면, 빠르고 변칙적인 박자감을 이용해 여인을 공략하기보다는 일합에 전력을 쏟아내는 방법을 택했을 것이다.

모든 것이 송현의 예측대로 되었다.

그럼에도 송현은 의문을 품는다.

'굳이 부딪치지 않았어도 됐을 텐데.'

두 사람의 음률이 멈추기 직전.

여인의 음률이 단 한번 철랑독아의 음률에 정면으로 부닥쳤다.

그러나 송현이 생각하기에 그것은 불필요한 동작이었다.

여인의 검에서 엿본 유연한 가락.

그 가락을 만들어낼 수 있는 여인이었다면, 굳이 부닥치지 않고서라도 승패를 결정지을 수 있었을 것이기 때문이다.

좀처럼 풀리지 않는 의문에 고민을 계속하던 송현은 이내 피식 웃어버렸다.

'무림인의 일이니 내가 모르는 이유가 있었겠지.'

마음을 가볍게 먹었다.

어차피 송현은 무림인이 아니다. 그저 들려오는 음률과 가락만으로 두 사람의 승패를 예측하였으나, 그들이 만들어낸 소리는 예인의 소리가 아니었다.

예인에게 예인의 음악이 있듯, 그들에게도 그들만의 음(音)이 있고 악(樂)이 있을 것이다.

그러니 예인인 송현이 그것을 다 알 수는 없는 법이다.

'더욱이 겨우 드러난 가락을 엿본 정도이니.'

더욱이 송현이 읽은 두 무인의 가락은 어디까지나 드러난 가락의 파편이었다.

그 파편들을 읽고 유추할 수 있다고 해도, 그것이 전부가 될 수는 없다. 드러난 가락보다는 드러나지 않은 가락이 더욱 많을 것이니 단지 그것만으로 모든 것을 단정 지을 수는 없을 것이다.

그것은 장님 코끼리 만지기나 다를 바 없는 일이었다.

의문을 털어낸 송현은 고개를 들었다.

생각에 잠겨 걸음을 옮기는 사이.

어느새 걸음은 송현을 악양루 앞까지 데려다 주고 있었다.

"아! 루주님!"

송현은 그제야 자신이 장서희를 두고 왔음을 깨달았다.

*　　*　　*

해가 저물어 간다.

동호연이 끝났다. 초대한 손님은 만족하며 돌아갔고, 송현은 악사들과 인사를 나누며 악양루 삼 층 내실을 나서던 참이었다.

"아저씨!"

누군가 쪼르르 달려와 송현의 품에 안긴다.

한 팔에 쏙 들어오고도 한참이나 남을 만큼 작은 체구.

송현은 이미 달려오는 발소리만으로도 자신의 품에 안긴 이의 정체를 알아차렸다.

"상아야!"

상아였다.

오랜만에 송현을 본 상아는 송현의 품에 얼굴을 부비다 이내 히쭉 웃었다.

"아빠한테 놀러갔다가. 아빠가 데려다 줬어."

"남 악사님께서?"

"응! 그리고 내가 아빠보고 먼저 가라고 했어! 아저씨가 나 집까지 데려다 줘야 돼!"

상아는 마치 자랑하듯 말했다.

송현은 그런 상아의 머리를 쓰다듬으며 웃어버렸다.

종종 있는 일이었다.

이렇게 상아가 송현을 보기 위해 먼저 악양루를 찾아오기도 하고, 송현은 그런 상아를 다시 북촌의 집으로 배웅하는 일은 이제는 특별할 것도 없는 일상이 되었다. 그러다 이따금씩 상아의 집에서 하룻밤 신세를 지는 경우도 있었다.

"늦게 끝나면 어떻게 하려고 했어."

"상아가 아저씨 기다리면 되지 뭐! 그리고 이제 다른 아줌마 아저씨들도 상아 좋아해줘."

그간 상아가 송현을 찾아온 일이 한두 번이 아니니, 악양루에서 일하는 점소이나 다른 악사들과도 제법 친해진 상아다.

아니, 애초에 귀여운데다가 은근히 눈치까지 빠른 상아이니만큼 어디에 가던 미움 받을 이유는 없었다.

"아참! 아저씨! 이것 봐라?"

헤실헤실 웃던 상아는 갑자기 생각났다는 듯 오른손을 활짝 펴 송현에게 보여주었다.

상아의 오른손 작은 손가락에는 예쁜 옥가락지가 끼어 있었다.

"예쁘지?"

"그래, 예쁘구나. 남 악사님이 사주신거니?"

"아니, 저 언니가 줬어."

자랑하던 상아가 손가락으로 한쪽을 가리킨다.

악양루 삼 층. 내실 밖 창가.

그곳에 익숙한 두 여인 서로 마주보며 앉아 있었다.

한 명은 악양루의 루주인 장서희였다.

'저 여인은…….'

그리고 남은 한 명은 낮에 철랑독아와 검을 겨누었던 여인이었다.

필경 낮에 보았을 때까지만 하여도 장서희와 그녀와 마주 앉은 여인은 서로 모르는 사이인 듯 보였는데, 지금은 두 사람의 분위기가 자못 심각하다.

송현은 상아에게 물었다.

"루주님께서 주신거야?"

"아니. 저기 서린 언니가 줬어."

'서린…….'

상아가 말한 서린이란 여인이, 장서희와 마주 앉은 여인임은 어렵지 않게 짐작할 수 있었다.

"감사하다고는 했니?"

"웅! 이렇게 막 허리 숙였어."

송현의 물음에 상아는 직접 허리를 숙여 보이며 대답했다.

그 모습에 절로 웃음이 맴돈다.

"그래, 잘했어."

그리고는 시선을 돌려 두 여인을 바라본다.

'따로 감사하다는 인사는……. 무리겠지?'

상아에게 귀한 물건을 선물해 주었으니, 현재의 보호자라 할 수 있는 송현이 상아의 부모님을 대신해 감사하다는 인사를 하는 것이 예의일 것이다.

하지만, 마주 앉아 이야기를 나누는 두 여인의 표정이 무거운 것을 보니 선불리 끼어드는 것 또한 예의는 아닐 듯했다.

'대체 무슨 이야기를 하고 있는 걸까?'

의문이 들었지만, 송현은 부러 청력을 돋우지 않고 오히려 낮추었다.

광릉산보의 깨달음과는 반대되는 일이었지만, 송현은 크게 개의치 않았다.

분위기를 보아하니 심각한 이야기를 나누는 듯했는데, 그것을 부러 엿듣는 것 또한 예의가 아니었기 때문이었다.

"그럼 갈까?"

송현이 상아를 향해 손을 내밀었다.

상아가 웃으며 송현의 손을 잡았다.

"아저씨 오늘 우리 집에서 자고 가면 안 돼? 엄마랑 아빠도 아저씨가 우리 집에서 자고 간지 오래됐다고 그랬는데."

은근히 송현이 자신의 집에서 하룻밤을 묵길 바라는 상아의 말에 송현은 웃으며 고개를 끄덕였다.

"그래, 그러자."

"괜찮아? 할아버지한테 이야기했어?"

그러니 상아가 도리어 홀로 남을 이초를 걱정한다.
송현은 그런 상아를 안심시켰다.
"응, 괜찮아. 할아버지도 오늘 상아네 집에서 자고 오라고 했어."
"헤! 다행이다."
상아가 웃으며 안도의 한숨을 내쉬었다.
그리고는 혹여나 송현이 말을 바꿀까 급히 송현의 손을 잡아 이끈다.
"빨리가자! 빨리! 엄마한테 맛있는 고기반찬 해달라고 하자!"
송현이 집에 머무는 날은 오 부인이 특별히 고기반찬을 내온다.
고기반찬을 먹을 수 있다는 기대 때문인지, 상아의 발걸음은 유독 가볍다.
"천천히가. 넘어지겠다."
그런 상아의 손에 이끌려 가는 송현의 입가에는 웃음이 떠나줄 몰랐다.

* * *

해가 밝았다.
"다음에도 또 와야 돼! 알았지? 그래야 상아랑 고기반찬도

먹고, 상아가 아저씨랑도 놀아주고 한단 말이야!"

아침때가 지나고 나서야 길을 나선 송현은 또 오라는 상아의 신신당부를 받으며 길을 나섰다.

거리를 지나 산길을 오르는 것이 이제는 너무나 익숙하다.

'체력이 점점 더 좋아지네.'

미망을 떨쳐 버리고난 이후 생긴 또 다른 변화였다.

어느 순간부터 가락이 온몸을 타고 흐르기 시작했다.

그와 함께 하루가 다르게 체력이 좋아졌다. 산을 올라도 좀처럼 숨이 차는 법이 없고, 힘든 밭일을 해도 쉽게 지치는 법이 없다.

근육이라고는 찾아볼 수 없는 몸에도 근육이 붙기 시작했다. 보기 만해도 위압감이 느껴질 정도로 우락부락한 근육은 아니었지만, 배에는 복근도 생기고 몸 여기저기에 균형 잡힌 잔 근육이 자리 잡았다.

예상치 못한 변화였지만, 이 역시 싫지 않은 변화였다.

송현은 단숨에 산을 올라 이초와 함께 지내는 거처로 향했다.

막 송현이 거처에 다다를 무렵이었다.

"내일 다시 오시게."

송현의 귓가로 이초의 목소리가 들렸다.

"예, 그리하겠습니다."

뒤이어 젊은 여인의 대답이 들려왔다.

그리고 마침내 언덕을 다 오른 송현은 그 목소리의 주인을 확인할 수 있었다.

"어?"

순간 송현은 걸음을 멈추어 세웠다.

공교롭다면 공교롭다.

이초와 함께 대화를 나누고 있던 젊은 여성은 어제 철랑독아와 검을 겨누었던 그 여인이다. 길에서 이어, 악양루, 그리고 오늘은 이곳에서 다시 마주치게 되었다.

우연이라면 참으로 대단한 우연이었다.

'이름이 서린이라 했던가?'

송현은 지난날 상아가 그녀를 불렀던 이름을 떠올렸다.

"그럼 이만."

그사이 서린이란 이름의 여인이 몸을 일으켰다. 싸리 대문 앞에 선 송현을 보며 잠시 멈칫하던 여인은, 이내 짧은 목례를 하고는 송현을 스쳐 지나갔다.

그녀가 옆을 지나칠 때.

일순 찬바람이 일었다가 사라졌다.

말없이 그런 여인에게 마주 목례를 하며 길을 비켜주었던 송현의 산을 내려가는 여인에게 고정되어 있었다.

이상하게 자꾸만 눈이 머문다.

"일찍 왔구나."

이초가 그런 송현의 정신을 일깨웠다.

"아! 방금 나간 여인은 누굽니까?"

정신을 차린 송현이 가장 먼저 한 질문이었다.

지금은 많이 완화되었지만, 이초의 성격 자체가 타인과 만남을 즐기는 성격은 아니었다. 그런데 어제 처음 본 여인이, 오늘은 이초와 대화를 하고 있으니 의아한 마음이 드는 것은 당연한 일이었다.

송현의 질문에 이초가 웃었다.

"클클클. 왜? 너도 남자다 이 말이냐? 하긴, 찬바람이 저리 쌩쌩 불어도 얼굴은 예쁘장하니, 사내라면 관심이 갈 수밖에."

"그런 뜻이 아닙니다."

"그런 뜻이 아니면? 어떤 뜻이란 말이냐? 사내가 여인에게 관심을 가지는 것이야 당연한 자연의 섭리이거늘……."

이초가 자꾸만 농담을 한다.

이상하게도 송현에겐 그것이 대답을 피하려고 하는 모습처럼 느껴졌다.

"아버지!"

그래서 더욱 재촉했다.

"…무림맹에서 온 손님이다."

이초는 그제야 농을 그만두고 온전한 대답을 내놓았다.

"아!"

송현은 어렴풋이 서린이란 여인이 무슨 연유로 이곳을 찾아왔는지 알 수 있었다.

이유야 어찌 되었던, 대외적으로 이초의 아들이 죽은 이유는 이초가 무림맹주의 음악 선생을 맡았기 때문으로 알려져 있었다.

무림맹에서도 이를 마냥 모른 척하고 지나갈 수는 없었을 것이다.

더욱이 최근 악양 인근에서 발견된 비천마경이라는 비급서 때문에 시끄럽지 않은가.

악양을 들리지 않았다면 모르되, 악양을 들렸으니 찾아와 안부라도 묻는 것은 충분히 있을 수 있는 일이었다.

"뭘 그리 죄지은 표정을 짓고 있느냐. 나는 이제 의방에 가야 하니, 너는 남아서 오늘 할 일이나 하거라."

"같이 가겠습니다."

"거추장스럽다. 설마 내가 의방도 못 찾아갈까. 그리고 너마저 같이 내려가 버리면 소여물은 누가 줄 것이며, 밀린 밭일은 누가 대신할 것이냐!"

이초는 여러 가지 이유를 들어 송현의 동행을 거절했다.

송현은 평소와 달리 더는 붙잡지 않았다.

'많이 복잡하실 거야.'

무림맹에서 찾아왔다. 죽은 아들의 기억이 떠오를 수밖에 없을 것이다.

아무리 보내 주었다 했던 이초였지만, 자식 잃은 아비의 마음이 그리 쉽게 정리될 수 있는 것은 아니었다.

"다녀오십시오."

"그래, 내 일찍 다녀올 터이니, 너는 저녁때에 맞춰 목욕물이나 준비해 두어라. 나이를 먹으니 이제는 산 한 번 오르내리는 것도 땀 차서 힘들구나."

이초가 산을 내려간다.

송현은 한참 동안이나 그런 이초의 모습을 한참이나 지켜보았다.

굽은 이초의 등이. 왜소한 이초의 어깨가.

오늘따라 유난히 쓸쓸히 보였다.

제5장
무림의 연(緣)

樂
武林

봄 노을이 졌다.

석양이 산을 붉게 물들였다. 서둘러 둥지로 돌아가는 산새 몇 마리가 하늘 위에 떠 있다.

"우선 좀 씻어야겠구나."

돌아온 이초는 제일 먼저 목욕물부터 찾았다.

이초의 당부를 잊지 않고 있었던 송현은 미리 준비해 둔 따뜻한 물로, 나무 욕조를 채웠다.

그리고 평소와 같이 욕조를 들여놓은 부엌에서 나와 이초가 다 씻기를 기다렸다.

송현을 아들이라 받아들인 이초였지만, 유독 목욕할 때만큼은 절대 접근치 못하게 했던 탓이다.

실제로 송현은 이초가 옷을 벗은 모습을 단 한 번도 보지 못했다. 이초는 강박적이라 할 만큼 벗은 몸을 철저히 숨겼었다.

그런데 오늘은 이상했다.

"밖에 있느냐?"

"예, 다 씻으셨어요?"

"등에 손이 안 닿는구나. 네놈이 와서 좀 밀어주어야겠다."

처음이었다.

등을 밀어 달라 말한 적은.

오전에 다녀간 무림맹 소속의 여인 탓인지 이초가 먼저 송현에게 등을 밀어 달라 부탁하고 있었다.

"…알겠습니다."

평소에는 감히 상상도 할 수 없었던 일이기에 순간 멈칫했던 송현은 이내 고개를 끄덕이며 답했다.

끼이익!

문을 열자 부엌의 낡은 경첩이 비명을 지른다.

부엌 안은 욕조에 가득 찬 목욕물의 열기로 뿌연 김이 가득 차 있었다.

"음……!"

그리고 송현의 입에서 심음성이 흘러나왔다.

뿌연 열기 사이로 이초의 모습이 보였다. 욕조에서 나온 이초는 송현을 향해 등을 보이고 앉아 있었다.

이초가 옷 속에 숨겨 두었던 굽어버린 등과 야위어 버린 어깨가 여실히 드러났다.

실오라기 하나 걸치지 않고 있으니 그 굽어버린 등과, 야윈 어깨가 평소보다 더욱 크게 다가왔다.

"등을 밀라 하지 않았느냐."

이초가 그런 송현을 재촉했다.

"예, 알겠습니다. 지금 밀어들일게요."

송현은 물에 적신 삼배수건으로 이초의 등을 조심스럽게 밀었다.

"밥도 안 먹었느냐? 더 쎄게 밀거라."

그제야 등을 미는 송현의 손에 힘이 들어간다.

"이제야 좀 시원하구나."

이초의 입가에 만족스러운 웃음이 그려졌다.

"흉하지?"

그리고 은근히 물었다.

그 물음에 송현은 고개를 가로 저었다.

"아닙니다. 어찌 그런 생각을 하겠습니까."

그러면서도 송현의 눈길은 이초의 등에서 떨어질 줄을 몰랐다.

'성한 데가 한 군데도 없구나.'

굽은 등. 야윈 어깨.

그리 크지도 않은 몸에 성한 것이 없었다. 마치 도배라도 된 듯 온몸에는 크고 작은 상처로 가득했다.

개중에 깊은 것은, 손가락이 푹 들어갈 만큼 깊게 패인 것도 있었다.

사람의 몸에 이렇게까지 많은 상처를 안고 살아갈 수 있다는 사실이 놀라울 지경이었다.

"클클클. 내 그래서 보이지 않으려 했던 것이다. 흉하니까 말이다. 하긴, 어디 흉하기만 하겠느냐? 이 몸에 새겨진 상처보다 많은 이가 내 손에 죽어갔을 텐데!"

북벌군으로 징집되어 전장에서 자란 이초다.

살아남기 위해 싸웠고, 상처 입었으며, 죽였다.

그 숫자가 얼마인지는 이초 본인조차도 다 헤아릴 수 없을 지경이었다. 하물며, 군에서 나온 이후 무림인으로 떠돈 세월을 합치면, 그의 손에 죽은 이들의 시체만으로 능히 작은 산언덕은 만들 수 있을 것이다.

이초의 몸에 난 상처는 그가 살아온 치열했던 삶의 흔적들이었다.

그중 유독 송현의 눈길을 끄는 상처가 있었다.

골반 위. 허리뼈를 반 촌쯤 비껴서 난 상처였다. 놀랍게도 그곳에는 뻘겋게 녹이 쓴 날붙이가 튀어나와 있었다.

아마도 앞에서부터 관통되어 그대로 등으로 튀어나온 듯했다.

그 기괴한 모습에 송현은 한동안 말을 잇지 못했다.

이초가 주기적으로 의방을 왕래하며 치료를 받는 것 또한 이 상처에서 비롯된 것인 듯했다.

"이것은 어찌하시다 생긴 상처이십니까?"

겨우 마음을 다스린 송현이 물었다.

"클클클."

이초는 한동안 대답 없이 그저 웃기만 했다.

"내가 낸 상처다. 내 검으로 단전을 찔렀지. 무림의 원한으로 내자(內子)가 죽고, 어린 아들마저 죽을까 두려워 모두가 보는 앞에서 단전을 꿰뚫었다. 그로서 금분세수(金盆洗手)를 하였지."

무림의 연이 자식에게까지 미칠까 스스로 단전을 파하였다. 그로써 무림의 연은 끊었으나 그날 단전을 꿰뚫은 검은 아직 이초의 몸에 고스란히 남아 있었다.

"거긴 조심해서 건드려야 할게다. 그 검이 단전을 파하고 내기를 흩었으나, 반대로 그나마 남은 생기가 빠지지 않고 남아 있을 수 있게 만든 것이니. 잘못 건드리면 너는 애비 죽인 자식이 되는 것이다."

가벼운 농담처럼 이야기한다.

그러나 무림의 연을 끊고 평생을 이렇게 살아온 이초의 마음이 그 농담처럼 가볍지만은 않을 것임을 송현은 안다.

송현의 손은 차마 단전을 꿰뚫은 검을 만지지 못한 채 허공만 어루만졌다.

혹여나 자신이 잘못하여 이초의 목숨이 위중해질까 두려운 것이다.

"아프지는 않으셨습니까?"

"왜 안 아팠겠느냐. 온갖 놈들 다 모아놓고 호기롭게 단전에 칼을 꼽았다. 아파서 죽을 것만 같더구나. 내 그날 사람들 보는 앞에서 똥오줌을 지린 것을 생각하면 지금도 당장 쥐구멍에라도 숨고 싶어지는구나. 어디 그뿐인 줄 아느냐? 아직도 날이 고약해지면 여기가 쑤셔 끙끙거리지 않더냐."

"아……."

송현은 낮게 탄식했다.

장난스럽게 말했지만, 송현은 곁에서 지켜보았다.

비라도 쏟아질 듯 하늘에 구름이 가득 차는 날이면 이초는 늘 끙끙 앓고는 했었다.

그것이 그저 이초의 적지 않은 나이 탓이라 여겼는데, 이제야 듣고 보니 단전의 상처 때문이라는 것을 깨달았다.

'내가 무심했구나.'

송현의 고개가 절로 숙여진다.

함께 산 세월이 몇 달인데 지금껏 그것도 몰랐으니 스스로가 한심하고 창피했다.

"죄송합니다."

"클클클! 네놈은 어찌 입 열 때마다 할 말이 죄송하다는 말밖에 없느냐!"

이초는 웃으며 송현을 타박했다.

송현은 머리를 긁적였다.

"제가 그랬습니까?"

"기억 안 나느냐? 전에 해석본을 불지를 때도 네놈은 죄송하다 하지 않았더냐."

이초는 그날의 일이 눈앞에 선한 듯했다.

그리고 혼잣말하듯 말한다.

"무엇을 그리 죄송하단 말이야. 나는 이리 고맙기만 한 것을……."

외로웠던 시간들이었다.

그런 이초의 시간 속에 송현이 들어왔다.

스스로 선뜻 아들이 되어주겠다고 했다. 그리고 이초는 그런 송현을 아들로 받아들였다.

송현이 죽은 아들의 대신이 될 수 없음을 안다.

송현은 그저 이초가 새로이 얻은 새 아들이었다. 그리고 그 새 아들과 함께한 시간들은 죽은 아들과 함께한 시간들만큼이나 소중하고, 또 감사하다.

송현과 함께 지낸 반년의 시간을 되짚어보는 이초의 입가에 미소는 따스한 온기가 맺혀 있었다.

그러나 여기까지다.

"낮에 찾아온 무림맹의 여인을 기억하느냐?"

"예."

송현이 고개를 끄덕였다.

그런 송현에게 이초는 단호하게 말했다.

"내일 그 여인과 함께 이곳을 떠나거라."

"……."

갑작스런 말이다.

송현은 그 말의 뜻을 쉬 이해하지 못하고 가만히 입을 닫았다.

"…무슨 말씀이십니까? 떠나라니요? 어디를 떠난단 말씀이십니까?"

"그 여인과 함께 무림맹으로 가라 했다."

당황한 송현의 질문에 이초의 대답은 여전히 확고했다.

"대체 무슨 말씀이십니까. 아버지와 함께 보낸 시간이 이제 겨우 반년입니다. 죽은 형님이 남기신 광릉산보는 아직 가닥조차 잡지 못했습니다. 그런데 떠나라니요!"

송현은 반박했다.

떠나라는 갑작스런 이초의 그 말은 송현에게는 그만큼이나 큰 충격이었다.

"……."

그러나 이초는 말이 없었다.

입을 굳게 다문 채로 어떠한 설명도 해주지 않았다.

그 모습이 너무나 답답하고 낯설게만 느껴진다.

송현은 자리에서 일어섰다.

"떠나지 않겠습니다. 오늘 이야기는 못 들은 걸로 하지요."

송현은 발길을 돌려 부엌을 나가 버렸다.

"허어—!"

등 뒤로 이초의 깊은 한숨이 흘러 나왔지만, 송현은 애써 이를 외면했다.

고개를 돌리면, 그땐 이초의 뜻대로 이유도 모른 채 이초를 떠나야 할지도 모른다는 불안감 때문에 도저히 고개를 돌릴 수 없었다.

* * *

침묵의 밤이 지났다.

다시 해가 떠오르고 아침은 밝아왔다.

"……."

간밤에 송현에게 무림맹으로 떠나라 말했던 이초는, 더 이상 말이 없었다.

"……."

송현 또한 말이 없기는 마찬가지다.

입을 열어 대화를 시작하면, 또다시 무림맹으로 떠나라 말할 것만 같아서 불안했다.

그렇게 침묵 속에서 아침 식사가 끝났다.

송현은 집을 나섰다.

동호연이 열리려면 아직 며칠이나 남았건만, 송현은 굳이 산을 내려왔다.

답답해서였다.

이유도 말하지 않고, 그저 무림맹으로 떠나라 하는 이초의 그 말이 송현의 마음을 답답하게 짓눌러 그 자리에 있을 수 없었다.

'대체 무슨 이유실까?'

산을 내려오면서도 그 이유를 생각한다.

그러나 그 이유를 찾는 길은 요원하기만 했다.

그렇게 얼마나 걸어 내려갔을까.

산 아래에서 누군가 이쪽을 향해 걸어올라 오고 있었다.

송현과는 이미 네 번이나 마주친 상대다.

서린이란 이름의 무림맹에서 온 여인이었다.

"아!"

송현은 그녀를 보고 걸음을 멈췄다.

"안녕하세요."

먼저 인사를 건넨 쪽은 놀랍게도 그녀였다.

차가운 인상의 그녀는 흔한 인사에서조차 차갑게 한기가 서려 있었다.

"안녕하십니까."

송현은 그런 그녀를 보며 마주 고개를 숙였다.

그러나 마음 한편에서는 그녀를 향한 경계심이 자리 잡고 있었다.

생각해 보면 이초가 송현에게 무림맹으로 떠나라 말한 것도 그녀가 방문한 이후 벌어진 일이다.

"그럼 이만."

그런 송현의 경계와 달리, 그녀는 송현을 그리 신경 쓰지 않는 듯했다.

그녀는 자연스럽게 송현을 스쳐 지나쳐 산을 올랐다.

"잠시만 시간을 내어주시겠습니까?"

먼저 입을 연 이는 송현이었다.

*　　　*　　　*

작은 다루에 자리를 잡고 앉았다.

두 사람의 사이에는 좀처럼 대화가 오고 가지 않았다.

그저 서로 가만히 마주 앉아 바라본다.

가까이서 본 그녀는 확실히 미인이었다.

피부는 눈처럼 희고 고왔고, 긴 속눈썹 뒤에 감춰진 눈꼬리는 의외로 아래로 살짝 처져 웃는 상을 만들고 있었다. 눈동자는 밤하늘의 별빛을 담아 놓은 듯하다. 콧대는 오똑하고, 콧망울은 어디 하나 치우치지 않고 아담하게 균형을 잡고 있다. 붉은 입술은 도톰하게 도드라져 보인다.

그런 그녀의 모습이 아무런 감정도 깃들지 않은 표정과 어울려져, 마치 어린 여자아이들이 가지고 노는 예쁜 도자기 인형을 연상시켰다.

그러나 언제까지 말없이 그녀의 미모만 감상하고 있을 때는 아니었다.

먼저 입을 열어 질문한 이는 송현이었다.

"소저께서는 무림맹이란 곳에 속한 분이시라 들었습니다."

"무림맹 천권호무대 소속 유서린이라 합니다."

유서린은 자신의 소속과 이름을 밝혔다.

아무런 감정도 깃들지 않은 그녀의 목소리는 형식적인 예의만을 따르고 있었다.

송현도 마주 자신의 이름을 밝혔다.

"악사 송현입니다."

그 또한 지극히 형식적인 모습이었다.

지금 송현은 웃으며 유서린을 대할 만큼의 마음의 여유를 갖지 못하고 있었다.

송현은 곧장 본론으로 넘어갔다.

"무림맹에서 어떠한 이유로 악양을 찾아오셨는지 알고 싶습니다."

송현의 갑작스런 질문 때문이었을까.

내내 무표정하던 유서린의 아미가 잠깐 찡그려졌다.

예상치 못한 송현의 질문에 당황해서라기보단, 이런 송현의 질문이 무례하다 여기는 듯했다.

아니, 실제로 그녀는 분명 그렇게 느끼고 있었다.

"제게 왜 그런 질문을 하시는지 모르겠군요."

송현은 그녀를 본 것이 이번이 네 번째였지만, 그것은 송현의 입장일 뿐이다.

유서린에게 있어 송현은 어제 한 번, 그리고 오늘 또 한 번.

단 두 번 마주한 사이에 불과했다.

그녀는 그 마음을 숨기지 않았다.

유서린이 본 송현은 그저 이초와 함께 지내는 악사. 그 이상도 그 이하도 아니었다.

이초의 성격상 누군가와 함께 지낸다는 사실 만으로도 충분히 놀라운 일이었지만, 그렇다고 크게 관심을 둘 이유는 없었다.

"송 악사님은 이 대인과 무슨 관계이신데 그런 걸 묻는 거죠?"

유서린은 송현과 이초와의 관계를 물었다.

무림맹의 행사에 대한 이유를 물을 만한 자격이 있는 가를 묻는 것이다.

송현은 망설이 없이 대답했다.

"아들입니다."

짧은 대답이다.

하지만, 그 짧은 말속에 담긴 무게는 결코 가볍지 않았다.

차가웠던 유서린의 얼굴에도 놀람의 빛이 선명하게 드러났다.

"그럴 리가요. 이 대협의 아드님은 이미 십여 년 전에……."

"화를 당하셨죠. 제 형님이십니다. 그 후 작년 팔월 보름. 아버지께서는 저를 아들로 받아주셨습니다."

"양자… 로군요."

유서린은 그제야 고개를 끄덕였다.

이초의 가족관계는 알고 있었다. 피를 통한 아들은 이미 오래전에 죽었음도 알고 있다. 하지만 송현이 이초의 양자일 것이라고는 전혀 예상치 못했다.

'그동안 무심했구나.'

유서린은 속으로 고개를 주억거렸다.

이초가 절음을 선언한 이후. 그리고 이초에게 더 이상 어떤 위험도 닥치지 않음을 알게 된 후 무림맹은 이초에 대한 관심이 소홀해졌다.

십여 년이라는 긴 세월이 그렇게 만들었다.

중원 전역에서 일어나는 크고 작은 사건들을 관리하는 무림맹에게는 그만한 여유가 없었을 것이다.

어찌 되었던 송현이 이초의 양자라면 무림맹의 행사에 대한 이유를 물을 자격은 충분했다.

그사이 또다시 송현의 목소리가 유서린의 귓가를 파고든다.

"어젯밤 제게 무림맹으로 가라 하시더군요."
"이 대인께서요?"
유서린이 놀라 반문했다.
눈을 크게 뜨고 반문을 던지는 유서린의 표정은 지금까지의 변화 중 가장 큰 변화였다.
유서린은 자신이 반문을 하고도 대답을 기다릴 틈도 없이 다시 질문을 던졌다.
"이 대인은요?"
"이곳에 남으실 생각이신 듯했습니다."
"하……!"
곧장 이어지는 송현의 대답에 유서린의 입에서 얕은 한숨이 흘러나왔다.
"왜 제게 소저를 따라 무림맹으로 가라 하셨는지 이유조차 알려주시지 않으셨습니다. 그래서 이렇게 무례를 무릅쓰고 감히 질문하는 것입니다."
자신의 이야기를 마친 송현은 유서린의 두 눈을 직시했다.
이제 유서린으로부터 대답을 들어야 할 때다.
유서린은 잠시의 침묵이란 공백을 가진 이후에야 어렵게 입을 열었다.
"악양을 찾은 건 두 가지 이유에서예요. 겉으로 드러난 가장 큰 이유는 최근 악양에 나타난……."
"비급 때문이겠군요. 비천마경이란 이름이었지요?"

송현이 유서린의 말을 가로채서 말했다.

최근 발견된 비천마경이란 무공비급서 때문에 악양이 시끄러워졌으니, 무공을 익힌 무인이 모인 무림맹에서도 이에 관심을 가질 것은 당연한 일이었다.

그것은 익히 짐작했던 일이다.

그렇기에 송현이 유서린의 말을 가로챈 것이다.

짐작하고 있는 이유는 빠르게 넘어가기 위함이다.

또한, 그것은 평소 송현과는 다른 모습이었다.

평소의 송현이었다면 익히 알고 있던 내용이었다고 한들, 부러 유서린의 말을 가로채면서까지 다음 이야기를 독촉하려 하지는 않았을 것이다.

그만큼 송현의 마음은 복잡하고, 또한 조급했다.

"맞아요. 그게 첫 번째 이유예요. 그리고 그 문제는 이미 해결됐죠. 비천마경으로 추정되는 진본은 이미 확보했고, 지금은 혹시나 모를 필사본이 있는지 확인중이에요. 두 번째 이유는……."

유서린은 잠시 말끝을 흐렸다.

악사인 송현에게 무공비급인 비천마경 따위는 아무래도 좋을 것임을 그녀도 알고 있었다.

중요한건 지금부터다.

"두 번째 이유는 이 대협을 무림맹으로 모셔가기 위함이에요."

이것이 처음 그녀가 놀랐던 이유였다.

분명 어제의 만남에서 이초는 다음 날 다시 찾아오라 했다.

유서린의 입장에서는 당연히 다음 날이면 이초가 자신과 함께 무림맹으로 향할 것이라 생각하고 있었다.

그런데 오히려 이초는 본인은 이곳에 남고, 생각지도 않았던 송현에게 무림맹으로 가라 했다니 그녀로서는 전혀 예상하지 못한 전개일 수밖에 없었다.

그래서 놀랐던 것이다.

"아……!"

동시에 송현의 입에서 낮은 탄식이 흘러나왔다.

'무림맹에서 원했던 사람은, 내가 아닌 아버지였어.'

이제야 마음속에 복잡하게 떠돌던 파편 하나가 제자리를 찾은 기분이었다.

사실 그랬다.

송현과 무림맹은 아무런 연결고리도 갖고 있지 않다. 굳이 찾자면 이초였지만, 그것만으로는 무림맹에서 송현을 원할 이유가 되긴 한참 부족했다.

송현에게 무림맹으로 가라 한 것은 순전히 이초 홀로 결정한 일이었다.

두 가지 의문이 들었다.

'그런데 왜 아버지께선 내게 무림맹으로 가라 하셨을까?'

무림맹에서 들이길 원하는 이는 이초다.

그런데 정작 이초는 본인은 이곳에 남고, 송현에게만 무림맹으로 가라 했다.

그 이유를 아직 알지 못했다.

그리고 또 다른 의문.

'무림맹에서는 대체 어떤 이유로 아버지를 모시려는 것일까?'

송현은 이초가 무림인으로 살았던 과거를 알고 있었다.

무림과의 연을 끊기 위해 이초가 스스로 단전을 꿰뚫어 금분세수를 한 흔적 또한 어젯밤 보았다.

또한 이초가 예인이 된 이후 무림맹과 인연을 맺고, 그로 인해 벌어진 일 또한 알고 있었다.

이초의 아들이 죽었다.

이제 송현의 형이 되는 사람의 죽음이다.

진실 된 이유야 어찌 되었든, 그것이 이초가 무림맹과 관계를 가지던 도중 생겨난 비극임은 안다.

그때 당시라면 모를까, 이제야 와서 무림맹이 다시 이초를 찾을 이유는 없다.

적어도 송현이 생각하기로는 그랬다.

"이미 무림과 연을 끊으신 분이십니다. 또한 과거 무림맹과 얽힌 일도 있으시고요."

송현은 자신의 생각을 고스란히 말했다.

유서린은 그런 송현의 말에 차분히 고개를 끄덕였다.

"맞아요. 무림맹은……. 아니, 무림맹주께선 이 대협께 많은 빚을 지고 계세요. 당시, 아드님께 닥친 변고의 진실 된 이유에 대해선 아직 밝혀진 바는 없었지만, 그때 무림맹주께서 그 책임의 한 축을 담당하게 되었던 것은 사실이니까요. 의도했던 일이던, 그렇지 않았던 일이던 말이죠."

빚이라고 했다.

생각보다 진지했다.

생각하는 것 이상으로 무림맹에게 이초라는 존재가 가지는 의미는 크게 자리 잡고 있음이 느껴졌다.

송현은 그 이유를 대략이나마 유추 할 수 있었다.

"명성……. 말입니까?"

"그 이유가 아주 없다고는 하지 않겠어요."

유서린이 부정하지 않았다.

'역시!'

송현은 속으로 자신의 짐작이 맞았음을 확인하며 고개를 끄덕였다.

무림맹주란 자리는 결코 가벼운 자리가 아닐 것이다.

그렇기에 명분과 명성이 무엇보다 중요한 자리이기도 할 것이다.

크든 작든, 자신과 관계된 일에 금분세수하면서까지 무림을 떠난 이초가 피해를 입었다는 사실은, 무림맹주가 가진 명분과 명성에 큰 영향을 미치고 있는 것이다.

"하지만 지금껏 무림맹이 이 대협을 찾지 않은 것은 사실이에요. 그분께서 그것을 원치 않았으니까요. 또한 더 이상 이 대협께 위험이 될 만한 일들도 존재하지 않았었죠. 대협께서는 예악의 연마저 스스로 끊으셨니까요."

더불어 유서린은 지금껏 무림맹이 이초를 찾지 않은 이유에 대해서도 설명했다.

그러나 그것만으로는 송현의 모든 의문을 풀어줄 수는 없었다.

"그런데 왜 지금입니까?"

왜 하필 지금에 와서야 다시 이초를 무림맹에 들이려 하는지 그 이유에 대해서는 유서린은 아직 설명하지 않았다.

송현은 그것을 묻는 것이다.

유서린은 송현의 질문에 대답을 내놓았다.

"반년 전 여름 밤. 악양에서 일어난 비사 때문이에요. 동정호의 물길이 하늘로 치솟고, 마른하늘에 비가 내렸다고 하더군요. 그리고 그사이로 어디에서부터 시작됐는지 모를 음률이 들려왔다고도 하죠."

"그것이 무슨 상관이란 말입니까?"

"악양에서 그 같은 괴사를 부릴 수 있는 사람은 단 한 사람. 이 대인뿐이시죠."

"……."

송현은 입을 굳게 다물었다.

하지만, 그 속은 또다시 복잡하게 얽히고 있었다.

'나 때문이었구나!'

속으로 탄식이 흘러나왔다.

마치 갑자기 땅이 꺼져 버린 듯 발밑이 아찔해졌다.

'스스로 단전을 꿰뚫으면서까지 무림과 연을 끊으려 하신 아버지다. 한데, 그날 그 일로 결국 무림이 찾아온 것이었구나!'

왜 이제야 무림맹이 찾아온 것인지 짐작 갔다.

흩어졌던 조각들이 하나둘 제자리를 찾아 큰 그림을 그려 가고 있었다.

이초가 다시 음악을 시작했다.

더욱이 악양에 기이한 괴사까지 만들어냈다.

이초에게 짐이 있는 무림맹에서는 이를 결코 가벼이 여기고 넘어갈 수 없었을 것이다.

때문에 우선 이초를 무림맹으로 우선 들이려 하는 것이리라.

'결국 나 때문이구나!'

송현은 무림맹이 이초를 찾아온 이유가 결국 그날 이초와 합주를 벌인 자신의 탓임을 깨닫고 눈을 질끈 감았다.

복잡한 마음은 좀처럼 가닥을 잡지 못했다.

한참이 지나서야 눈을 떴다.

멍하니 고개를 돌려 창밖을 바라보았다.

다루 밖에 펼쳐진 화단.

긴 겨울을 버티고 이제 겨우 봉우리를 맺기 시작한 꽃 한 송이 눈에 들어왔다.

아직 피지도 않은 꽃향기를 맡고 찾아온 꿀벌과 나비들이 바삐 꽃 봉우리에 몰려든다. 꿀벌 하나가 살짝 벌어진 봉우리를 비집고 안으로 들어가 꿀을 탐하고, 어지럽게 비행하는 벌과 나비들의 날개 짓에 꽃망울은 금방이라도 떨어질 듯 위태롭게 흔들렸다.

그것을 바라보는 송현의 두 눈은 슬프게 가라앉아 있었다.

활기차다 느껴야 할 봄의 풍경이건만, 그것이 마냥 활기차게만 느껴지지 않는다.

그런 송현의 귓가로 유서린의 차가운 목소리가 들려왔다.

"이제 답은 충분한가요?"

"…예."

대답하는 송현의 목소리에 힘이 있다.

반대로 유서린은 눈을 빛냈다.

송현은 대답을 들을 자격이 되었다. 그래서 답했다. 그러나 단지 그 뿐만은 아니었다.

그녀 또한 송현에게 원하는 바가 있었다.

"그럼 이번엔 제가 부탁드려야겠군요. 이 대인을 설득해 주세요."

그것이 그녀가 원하는 것이다.

송현은 이초의 양자다.

아들을 잃은 슬픔을 가진 이초가, 그를 아들로 받아들였음은 그만큼 송현이 이초에게 얼마나 중요한 비중을 차지하고 있는지를 알려주는 반증이었다.

송현을 통해 이초가 무림맹으로 향할 마음이 없음을 확인하였으니, 이번엔 반대로 송현을 통해 이초가 무림맹으로 향할 수 있게 마음을 돌려주길 부탁 하는 것이다.

"설득을… 부탁하신다 하셨습니까?"

송현은 한참이 지나서야 어렵게 입을 열었다.

"예, 원하신다면 송 악사님께서도 함께 무림맹으로 오셔도 좋습니다."

유서린이 기다렸다는 듯 말했다.

이초만 무림맹에 들일 수 있다면, 송현이 함께 오던 그렇지 않던 그것은 그리 중요한 문제가 아니다.

"이 대인을 위한 일입니다. 송 악사께도 그리 나쁜 조건은 아닐 거예요. 무림맹은……."

유서린은 자신의 부탁이 얼마나 가치 있는 일인지에 대해 설명했다.

평소의 그녀였다면 결코 하지 않았을 일이었지만, 지금은 당장 송현을 통하여 이초의 마음을 돌리는 것이 우선이라 판단한 것이다.

그러나 송현은 고개를 저었다.

"죄송합니다. 그건 못할 것 같군요."
그리고 자리에서 일어서 유서린을 내려 보았다.
"저도, 아버지도 무림과 엮이기를 원치 않습니다."
추호의 여지도 없는 말이었다.
송현은 그 말을 남기고 꾸벅 허리를 숙이고 다루를 벗어나려했다.
그런 송현의 발걸음을 유서린의 목소리가 붙잡았다.
"악양루에서 일어난 기사. 그것이 가능한 것은 이 대인뿐이에요. 그것은 저희 무림맹의 생각만은 아닐 테죠. 또한 무림은 세상에 벌어지는 기사를 단 두 가지로만 판단하려 하는 성향이 있죠. 무공, 아니면 사술. 어느 쪽이든 좋지 않아요. 둘 모두 금분세수하신 이초대인이 펼쳐서는 안 되는 것들이니까요."
협박이 아니다.
유서린이 말하는 것은 무림의 생리였고, 이초에게 일어날 미래의 위험이었다.
송현은 그 뜻을 이해했다.
"옛 원한이 찾아들 것이라 말씀이십니까?"
"또한 음공을 익힌 무림 고수들도 찾아오겠죠. 이 대인께서 무공을 회복하셨다면, 무공을 겨루려 할 것이에요. 반대로 절음을 깨셨다면 음악을 겨루려 하겠죠."
그 또한 좋지 않은 일임을 안다.

결국 어느 쪽이든 무림의 연이 이초를 찾아오는 것이고, 또 얽매려 하는 것일 테니까.

거친 무림인들이 순순히 이초를 대할 리도 없었다.

뜻이 통하지 않는다면 무력을 행사하려 할 것이다. 특히나 과거의 원한으로 찾아온 이들이라면 그 시작부터 호의가 아니었다.

선자불래래자불선(善者不來來者不善).

좋은 뜻을 가진 자는 오지 않는 법이고, 찾아온 자는 결코 좋은 뜻을 가지고 있지 않다.

지금 이초가 놓인 상황이 그러했다.

"무림맹으로 오신다면 안전을 보장해 드릴 수 있어요."

유서린이 말했다.

그 말이 달콤한 유혹처럼 들린다.

송현의 입가로 쓴웃음이 짙게 배였다.

"하지만 원치 않으십니다."

이초의 고집은 송현이 잘 안다.

좀처럼 자신이 뱉은 말은 번복하는 일이 없는 이초다. 그런 이초가 송현의 설득에 생각을 바꿀 리 없다.

무엇보다 송현이 이초가 무림맹에 드는 것을 원치 않았다.

이초의 마음을 알기 때문이다.

"자식을 지키기 위해 무림과의 연을 끊고자 스스로 단전에 검을 꽂으신 분이십니다. 지금도 궂은 날씨면 단전이 시리다

하시는 분이시지요. 예인으로 맺었던 무림과의 연 또한 끝내 비극으로 끝이 났습니다."

송현이 유서린을 바라보았다.

깊게 잠긴 눈.

그 두 눈이 유서린의 시선과 맞닿았다.

"제게 그런 분을 설득하란 말씀이십니까? 유 소저께서는 그것이 가능하시겠습니까?"

"하지만 송 악사는……."

"또한 제가 원하지 않습니다. 무림맹에 드는 순간 무림의 연은 영영 끊을 수 없는 족쇄가 될 테니까요."

당장의 안전은 보장될지 모른다.

하지만, 무림맹의 힘을 통해 구한 안전은 결국 족쇄가 되어버린다. 이초가 그토록 끊고자 했던 무림과의 연은 평생 이초를 따라다니는 굴레가 되어버릴 것이 자명했다.

당장의 위험을 피하고, 이초가 아무리 예인이라 스스로 주장을 한다 한들.

무림맹 속에 숨어 위험을 피한 뒤에는 누구도 그 말을 믿지 않을 것이다.

"더는 이런 일로 마주칠 일이 없었으면 합니다."

송현은 그 답지 않게 그의 말은 모질고 단호했다.

그만큼 송현의 생각은 확고했던 탓이다.

더는 이초가 무림맹과의 연을 맺는 일은 없어야 했다.

*　　　*　　　*

무림맹이 왜 이초를 찾아온 것인지에 대한 이유를 알았다.

그러나 마음은 여전히 복잡했다.

아니, 전보다 더욱 복잡해지기만 했다.

그 복잡하고 답답한 마음에 송현은 발길이 닿는 데로 무작정 걷고 또 걸었다.

목적 없이 악양의 번화가를 오가기를 몇 번이나 반복했다. 그리고 나서야 송현의 걸음이 멈춘 곳은 발아래로 동정호가 보이는 작은 구릉이었다.

저 멀리 쪽배가 떠간다. 늙은 낚시꾼이 호수로 낚싯대를 드리운 채 쪽배 위에 누워 한가롭게 오침을 즐기고 있었다. 그 옆에 크고 화려한 누선이 흘러갔다. 누선 갑판 위에는 꽃놀이가 한참인지 흥겨운 음악 소리와 함께, 선남선녀의 웃음소리가 뭇까지 들려왔다.

평화로운 모습이다.

송현의 마음과 달리 세상은 언제나처럼 평안한 듯했다.

"이제야 좀 살 것 같구나!"

그 풍경을 바라보며 송현은 애써 숨을 돌렸다.

마음에 진 응어리가 살짝 풀어졌다.

불편하고 복잡한 마음은 전과 같으나 그래도 이렇게 동정호를 바라보고 있노라니 마음이 한결 편안해졌다.

그러나 그것도 잠시다.

"음?"

송현의 고개가 한쪽으로 돌아갔다.

크고 작은 배가 오가 전박하고 떠나기를 반복하는 포구 쪽이었다.

그곳에 때아닌 비명 소리가 들린다.

눈에 신경을 집중하니 어렴풋이 그 모습이 보인다. 귀는 이미 그 소리를 모두 전해 듣고 있었다.

포구에 일하던 인부와, 나들이 나온 양민들이 비명을 지르며 뿔뿔이 흩어져 도망간다.

그 속에 칼을 부딪치는 이들이 있다.

무림인이다.

도망치는 무림인 한 사람의 뒤를 대여섯 명의 무림인이 쫓아 결국 검을 나눈다. 한 사람이 칼에 찔려 쓰러지고, 또 한 사람이 칼에 베어 쓰러진다.

추격자들 또한 모두 같은 편이 아닌 듯 서로가 서로에게 검을 뻗으며 살기 찬 기합을 터뜨렸다.

아비규환(阿鼻叫喚)이다.

송현은 그로부터 시선을 외면했다.

그러나 무슨 일인지 그 조차도 마음처럼 되지 않았다.

눈길이 자꾸만 그곳으로 향한다.

결국 송현은 눈을 질끈 감아버렸다.

'나와는 상관없는 세계의 일이라 믿었던 일인데…….'

무림과 악사.

전혀 상관없는 세상의 사람들이다.

무림인들은 무림인들끼리 다투고 살아가고, 악사는 악사들만의 세상에서 살아간다.

그렇게 믿고 있었다.

그렇기에 평소라면 큰 어려움 없이 시선을 거두고, 마음을 거두었을 것이다.

그러나 이제는 그렇지 않다.

'나 때문에…….'

송현은 또다시 스스로를 자책했다.

결국 무림이란 세상이 송현과 이초를 집어삼키려 하고 있었다.

그 이유를 따지자면 결국 송현 자신 때문임을 안다.

악양의 기사가 벌어진 그날.

거문고를 연주하였던 것도 송현이었고, 절음한 이초가 다시금 음을 만들어내게끔 했던 것도 송현이었다.

그러니 모두 송현의 탓이다.

아니, 어쩌면 송현 스스로만 그렇게 믿고 있는지도 모른다.

어찌 되었던 현재 무림맹의 이목이.

아니, 중원 무림의 이목이 이초에게 모이고 있다는 것은 분명한 사실이었다.

"이목?"

그때였다.

질끈 감았던 송현의 눈이 떠졌다.

'현재 무림맹에서 아버지를 들이려 하는 것은, 악양에서 일어난 기사 때문이야. 무림의 이목이 아버지께 모이는 이유도 마찬가지!'

한 번의 기사.

그 기사로 인해 모든 것이 벌어진 것이다. 그리고, 그 기사를 일으킨 주인공으로 이초가 가장 가능성이 높다 여겨진 탓이다.

송현은 고개를 들어 다시 멀리 포구를 바라봤다.

그사이 싸움이 끝이 났는지, 포구에는 두 발을 딛고 서 있는 자가 없었다.

얽히고설킨 싸움 속에서 모두 자멸해 버린 것이리라.

송현은 그것을 가만히 바라보았다.

입술이 달싹인다.

"될까?"

스스로에게 질문을 던져본다.

제6장
악양의 신선(神仙)

樂武林

해가 저물었다.

어둠이 악양에 내려앉았다.

풍류를 찾아든 손님과, 그들을 맞이하는 악양은 여전히 밝게 불을 밝혀 어둠을 밀어냈다.

하지만, 그곳에 송현은 없었다.

낮 동안 방황하며 악양의 거리를 헤매던 송현이 갈 곳은 결국 이초와 송현이 함께 지내는 거처였다.

물론, 달리 찾자면 찾을 수도 있을 것이다.

돈이 없는 것이 아니니 객잔에서 하룻밤을 묵어도 될 것이고, 그것이 아니더라도 당장 하룻밤 신세를 질 만한 곳은 많았다. 당장 상아의 집에 신세를 지러 간다 해도 문전박대 당할 일은 없었을 것이다.

그럼에도 송현이 돌아가야 할 곳은 이초와 함께 머무는 거처뿐이었다.

그곳이 집이기 때문이다.

그리고 그곳에 이초가 송현을 기다리고 있음을 알기 때문이다.

그렇게 집으로 돌아갔다.

여전히 어색한 분위기 속에서 이초는 이따금씩 송현의 생각을 돌리려 했고, 송현은 이초와 함께 지내겠다는 고집을 꺾지 않았다.

그러면서도 한편으로는 송현은 무언가에 열중하고 있었다.

그렇게 어색한 시간들이 흘러갔다.

그사이.

송현은 어지간한 일로 대문 밖을 나서는 일이 없어졌다.

대문 밖으로 나서 송현이 홀로 있게 되는 순간부터 유서린이 찾아와 송현을 설득하려 대화를 시도했기 때문이다.

차가운 인상과 달리 유서린은 의외로 집요했다.

그마저도 불편했다.

그래서 이제는 동호연이 있는 날이 아니면, 이제는 아예 홀로 문 밖을 나서는 일을 자제하기에 이르렀다.

그렇게 또다시 시간이 흘러갔다.

간밤에 비가 내렸다.

기사는 비가 내린 아침.

물안개가 가득 낀 동정호에서부터 일어났다.

* * *

동정호의 아침에는 아침마다 물안개가 차오른다.

오늘은 그 물안개가 더욱 짙었다. 간밤에 내린 봄비 때문이다.

평소보다 짙은 물안개로, 동정호의 풍광은 평소보다 깊은 운치를 자아냈다.

묘한 신비감마저 느껴진다.

하지만.

동정호를 터전 삼아 작은 나룻배를 띄워 살림을 꾸려야 하는 늙은 어부에게 있어서 이런 풍광은 마냥 반갑지만은 않은 것이 사실이었다.

"쯧쯧쯧! 이래 가지고 어디 배나 제대로 띄울 수 있을까 모르겠구나!"

자욱한 안개로 한 치 앞도 분간하기 어려운 날씨다.

크고 작은 배가 오가는 동정호인만큼 이런 날씨에 배를 띄웠다가는 자칫, 커다란 배에 치여 늙은 어부의 연약한 나룻배가 뒤집어질 수도 있는 일이다.

꼼짝없이 해가 중천에 떠올라 안개가 걷힐 때까지 기다려야 했다.

이따금씩 풍류를 아는 유생들을 태우는 대가로 뱃삯을 받는 경우를 제외한다면, 온전히 동정호의 고기를 낚아 올려 하루 벌이를 해야 하는 늙은 어부로서는 한숨이 흘러나올 수밖에 없는 일이었다.

그럼에도 늙은 어부는 이른 아침부터 자신의 배가 있는 동정호로 향했다.

"어차피 죽으면 평생 자빠져 자야 할 몸. 놀면 무엇하누. 이참에 어구(漁具)나 정리해야겠구나."

낡은 그물을 손보고, 낚싯대를 손볼 생각이었다.

"어엇!"

하지만 막상 자신이 전날 배를 대어놓았던 포구에 도착한 늙은 어부의 입에선 당황 성이 터져 나왔다.

"이, 이보시오! 그건 내 배요! 왜……. 아니, 위험하니까 그만……."

동정호의 뿌연 안개 사이로 빠져 나가는 작은 나룻배와, 사람의 것으로 보이는 검은 음영이 보인다.

늙은 어부를 당황케 한 것은, 그렇게 동정호로 나아가는 배가 자신의 배라는 점이다.

놀라 소리치던 늙은 어부의 외침을 멈추게 한 것은, 나룻배를 대어놓았던 곳 앞에 놓인 전낭 때문이었다.

아마 허락 없이 동정호에 띄워 버린 나룻배의 뱃삯인 듯했다.

"배가 필요하면 미리 말을 하면 될 것을……. 괜히 화나 당하지 않을는지……."

떠나가는 자신의 나룻배를 바라보며 걱정 어린 혼잣말을 중얼거리면서도, 늙은 어부는 전낭을 풀어 헤쳐 안을 살폈다.

"가만! 이것이 대체 얼마야! 하나, 둘, 셋, 넷……. 열?"

은자도 아니다.

전낭에 들어 있는 돈은 금자로 열 냥이었다.

이 정도 값이라면 낡은 나룻배를 빌린 삯으로 차고 넘쳤다. 아니, 새로 나룻배를 맞춘다고 해도 족히 세 채는 맞출 수 있는 큰돈이다.

늙은 어부가 살아오며 한번에 이처럼 많은 돈을 본 것도 이번이 처음이다.

"허!"

입이 벌어져 절로 말도 제대로 나오지 않는지, 그저 헛숨만 새어 나왔다.

그때였다.

후—웅.

저 멀리 동정호에서 악기 소리가 들린다.

견문이 짧은 늙은 어부라지만, 그 또한 악양에 터를 잡고 사는 사람이다.

아니, 매일같이 큰 배에서 벌어지는 연주를 듣고 사는 이이니만큼 오히려 귀동냥으로 들은 음악은 시골 촌무지렁이의 수준은 훌쩍 넘어 있었다.

그 악기 소리가 무엇인지 모를 리 없다.

퉁소 소리였다.

담담하게 울려 퍼지는 퉁소 소리는 동정호의 안개와 어울려 신비로움을 더했다.

어느새 담담하던 음률은 구슬프고 처연해졌다.

"허!"

늙은 어부의 입에서 낮은 탄식이 흘러나왔다.

손안에 든 거금 따위는 이미 잊은 지 오래였다.

"대체 무엇이 그리 서러운가!"

늙은 어부의 눈가에 작은 이슬이 맺혔다.

구슬프고 처연한 가락이 서럽다. 그것이 가슴에 틀어와 박혀 더욱 슬프다.

늙은 어부는 저도 모르게 들려오는 음률에 동화되어 눈물을 흘렸다.

"어찌 세상에 외롭지 않은 사람이 있겠는가!"

죽은 부인이 생각난다. 출세를 하고자 떠나간, 이제는 연락조차 닿지 않은 자식들이 생각난다.

서러운 가락은 어느새 외로움으로 바뀌어 있었다.

늙은 어부의 검게 그을리고 주름진 뺨 위로 굵은 눈물방울이 타고 흘러내렸다.

그러나 그것도 잠시였다.
어느 순간.
쿠구구구구!
갑자기 천지가 뒤흔들리는 소리가 났다.
동정호에서 천둥소리가 났다. 그리고 뿌연 안개 위로 무언가 불쑥 솟아났다.
"어엇!"
늙은 어부가 그것을 보고 경악성을 터뜨렸다.
"호, 호수가! 호수가 승천하다니!"
용이 승천하듯 동정호의 호숫물이 꿈틀거리며 하늘을 오르고 있었다.
작년 팔월 보름날 밤에 보았던 풍경이었다.
악양에서는 이미 유명해 이제는 특별할 것도 없는 그날의 기사가 눈앞에서 펼쳐지고 있었다.
천지간에 음률이 가득 차지도 않았고, 마른하늘에 비가 내리지도 않았지만, 용틀임 치며 올라가는 동정호의 호숫물은 분명 그날의 기사를 재현하고 있었다.
"신선이! 신선이 다시 오셨는가!"
늙은 어부는 저도 모르게 소리쳤다.

* * *

악양의 아침 동정호에서 호숫물이 하늘로 치솟아 오르는 기사가 벌어졌다.

용이 승천하듯 꿈틀거리며 하늘로 치솟았던 호수의 물은 이내 바닥으로 떨어져 내렸지만, 그렇다고 그 기사가 없었던 일이 되는 것은 아니었다.

그리고 그때에 동정호에 있었던 유일한 목격자가 있었다.

늙은 어부다.

늙은 어부의 입에서 흘러나온 증언에 악양의 사람들은 귀를 집중했다.

멀리 동정호에서 퉁소 소리가 들렸다고 했다.

그 가락이 너무나 구슬프고 처연해 저도 모르게 눈물을 흘러나오더라고도 했다. 그리고 어느 순간 동정호의 강물이 하늘로 치솟았다고도 했다.

사람들은 그 증언에 한 가지 사건을 떠올렸다.

팔월 보름날 벌어진 악양의 기사.

그때도 음악 소리가 들렸고, 동정호의 물길이 하늘로 치솟았다.

"신선이 다시 오셨소!"

마지막으로 외치는 늙은 어부의 증언에 사람들은 더욱 열광했다.

구름 위에 사는 신선이 악양에 내려와 신비조화를 일으켰다.

이번엔 그것을 직접 확인한 목격자까지 있으니 사람들은

더욱 열광할 수밖에 없었다.

벌서부터 이름 짓기 좋아하는 사람들은 이 같은 기사를 일으킨 신선을 가리켜 풍류선인(風流仙人)이라 칭하며 입에 올렸다.

악양에는 한동안 풍류선인의 존재에 대한 이야기로 시끄럽게 북적였다.

그러나 풍류선인의 기행은 여기서 끝나지 않았다.

* * *

바람이 불었다.

봄에는 찾기 힘든 강풍이었다.

가벼워졌던 사람들의 옷차림도 그날 저녁 만큼은 두터운 누빔 옷으로 바뀌어 있었다.

악양루 앞거리는 언제나 사람들로 가득하다.

더욱이 최근에는 비천마경이라는 무공서의 소문을 좇아온 무림인들과, 며칠 전 동정호에서 일어난 풍류선인의 기담을 좇아온 여행객들로 거리는 옴짝달싹하기 어려울 만큼 가득 차 있었다.

처음 발견한 것은 비천마경을 좇아 악양까지 온 무림인들 중 하나였다.

"바람이……."

악양루 앞을 지나던 중년무사는 기이한 분위기에 고개를 돌려 주위를 살폈다.

세차게 불어대던 바람이 멈췄다.

그것이 기이하여 고개를 걸음을 멈추고 주위를 살핀 것이다.

그리고 보았다.

"저 위에 선 자는 누구란 말인가!"

무림인 특유의 은근한 경계심이 솟아났다. 손은 어느새 무의식적으로 검대를 찾는다.

악양루 지붕 위에 누군가 서 있었다.

긴 장포로 전신을 가린 자였다. 장파 사이로 얼핏 드러나는 윤곽은 분명 사내의 윤곽을 닮고 있었다.

허리는 곧고 지붕을 딛고 선 다리는 단단하다.

이상한 것은 얼굴이다.

얼굴에 가면을 썼다.

바가지에 눈구멍을 뚫어놓은 정도의 조잡한 가면이었지만, 그것으로 얼굴을 가리기에는 충분하고도 남았다.

가면을 쓴 모습에 중년무사의 경계심은 더욱더 날카롭게 날을 세웠다.

그때였다.

악양루 지붕 위에 올라선 사내가 손을 움직이기 시작했다.

둥—! 둥—! 둥—!

그리고 북소리가 울려 퍼졌다.

'아무것도 없는데 대체 저것이 어떻게 가능한 일이란 말인가! 장풍? 아니다. 장풍이라면 그 기력을 느끼지 못할 리가 없다.'

분명 지붕 위의 사내는 빈손으로 허공을 두드리고 있었다.

그런데도 북소리가 크게 울려 퍼진다.

순간 장공의 일종이 아닐까 생각했지만, 이처럼 큰 소리를 만들어낼 만한 장공은 그리 많지 않았다. 하나같이 상승의 장풍무공이다. 그리고 그것은 명문대파에서 수학한 무인이 아니고서야 불가능한 일이다.

장풍 특유의 기파 또한 선명하게 드러나야 함이 옳다.

그러나 그런 것이 없다.

그래서 더욱 기이하다.

"저게 대체 무슨 일이래?"

"풍류선인! 풍류선인이 나타났다!"

난데없이 들려오는 북소리에 하나둘 사람들이 관심을 가지기 시작했다.

그중 한 중년이 풍류선인을 언급하며 소리치자 수많은 인파가 악양루 앞거리로 몰려들었다.

이제는 정말 한 발자국은커녕, 몰려든 사람들로 인해 쓰러지지 않게 몸의 중심을 잡는 것도 쉽지 않을 정도였다.

둥! 둥! 둥! 둥!

기사다.

아무것도 없는 허공을 가지고 북을 친다.

북소리는 점점 더 빨라지고, 선명해졌다. 그리고 그 울림은 크게 주위를 두드리고 있었다.

마치 바람이 와서 온몸을 때리는 듯하다.

그것이 고동치는 심장과 하나가 되어 맞물린다.

피가 빠르게 돈다.

몸이 뜨거워졌다. 기묘한 흥분이 온몸에 차올랐다.

중년무사는 순간 변화를 보이기 시작한 몸을 살폈다.

'음공? 아니다. 음공이었다면 내력의 흔적이 보여야 한다. 무엇보다 어떤 사념도 엮이지 않았다!'

음공을 익힌 무림고수들 중 몇몇은 자신의 연주를 통해 상대의 몸 상태를 마음대로 조절할 수 있다고 했다.

심장을 빨리 뛰게 만들기도 하고, 내력을 뒤틀리게 만들기도 한다고 했다. 또한 심한 경우 단 일음(一音)만으로도 심장을 멎게 만들 수 있다고도 했다.

그러나 중년무사가 경험한 지금의 북소리는 음공과는 미묘한 차이가 있었다.

음공은 내력과 음을 조합하여 발전한 무공이다.

당연히 그 효능을 만들어 내려면, 내력의 발현이 필요하다.

무인인 중년무사가 그 내력의 흔적을 발견하지 못할 리가 없었다. 더욱이, 음공의 고수가 연주를 시작하면 그 연주 속에 사념이 깃든다고 했다.

하지만 지금 들려오는 북소리에는 아무런 사념도 담기지 않았다.

둥! 둥! 둥! 둥! 둥! 둥!

그사이 북소리는 더욱 빨라졌다.

몸은 더욱더 뜨겁게 달아올랐고, 몸 안에 차오르는 열기는 지금 이 순간 무엇이든 할 수 있을 것만 같은 의욕을 불어넣는다.

꽈악!

중년무사는 스스로 주먹을 말아 쥐어 보았다.

손안으로 가득 넘치는 힘이 고스란히 전해졌다.

'힘이 넘친다!'

그 순간이었다.

둥!

마지막 북소리가 울려 퍼졌다.

번쩍!

동시에 하늘에서 천둥소리와 함께 눈이 멀어 버릴 것만 같은 뇌력이 악양루 옆에 자리 잡은 늙은 고목나무 위로 내리꽂혔다.

그 강한 빛에 중년무사는 자신도 모르게 눈을 질끈 감아버렸다.

단련된 그의 안력으로도 차마 벼락의 빛을 감당할 수는 없는 것이다.

후우우웅!
눈을 감는 그 순간.
바람이 불어와 덮쳤다.
찰나지간이지만 몸의 중심을 잃을 뻔했을 만큼의 힘을 지닌 바람이었다.
그 뒤에야 눈을 떴다.
중년무사는 악양루 지붕 위에서 연주를 하던 정체불명의 사내를 찾았다.
"없다?"
하지만 이미 그 자리에는 아무것도 없었다.
마치 지금까지의 모든 것이 허상에 불과했다는 듯, 그가 자리했던 자리는 아무런 흔적도 남아 있지 않았다.
남은 것이라고는 벼락을 맞고 검게 그을린 고목나무뿐이다.
"풍류선인께서……. 풍류선인께서 다시 나타나셨다!"
누군가 외쳤다.
중년무사는 귓가를 울리는 그 외침소리에 조용히 중얼거렸다.
"풍류선인……. 풍류선인이라……."
최근 악양에서 가장 많이 들은 이름이다.
소문으로는 일 년 전에 이미 한 번 악양의 기사를 만들어냈다고 했다. 또 요 며칠 전에는 동정호에서 또 다른 기사를 만들었다고 했었다.

믿지 않았다.
하지만 지금은…….
"정말 신선이 존재할지도 모르겠군."
눈앞에서 보았으니 믿을 수밖에 도리가 없었다.

또다시 풍류선인이 나타났다.
더욱이 이번엔 악양루 지붕에서 북을 연주했다고 한다. 이전과는 달리 실제로 신선이 연주하는 모습을 직접 목격한 목격자들까지 헤아릴 수 없을 만큼 많다.
긴가민가했던 소문이 사실이 되었다.
신선이 찾아와 풍류를 좇는 도시 악양.
그 여파는 들불처럼 번져만 갔다. 비천마경에만 우선 관심을 쏟던 무림인들조차도 풍류선인이라는 존재에 대해 관심을 가지기 시작했다.
갖가지 소문이 흘러나왔다.
최근 잦은 다툼으로 혼란스러운 악양의 모습을 보다 못한 신선이 직접 스스로 모습을 드러냈다는 이야기도 있다.
또 다른 이야기는 신선이 악양의 풍광에 마음이 동하여 음을 연주하였다고도 했다.
그러나 누구도 풍류선인의 의도는 알지 못했다.
다만, 한 가지.
악양루 지붕에서 목격한 풍류선인의 모습은 두고두고 회

자되고 있었다.

"중키는 조금 넘는 키였습니다. 예! 얼굴은 가면으로 가리고 있어 보이지 않았지만, 등은 곧게 서 있었고, 연주하는 움직임은 날랬습지요. 하나, 그것 말고는 특이한 점은 없었습니다. 예!"

그날의 광경을 목격한 상인의 대답에 유서린은 고운 아미를 찌푸렸다.

"감사합니다."

그리고 짧게 고개를 숙여 보인 후 발길을 돌렸다.

'이 대인이 아니야.'

목격자들의 증언하는 풍류선인의 모습은 하나같이 허리가 곧고, 가면으로 얼굴을 가리고 있었다고 했다. 그 밖에 특이한 모습은 또 없다고 했다.

그것은 이초의 모습이 아니었다.

나이를 먹은 이초는 등이 굽은 지 오래였다. 얼굴을 가면으로 가린다 한들, 이초의 체구는 숨기지 못할 것이다.

유서린은 혼란스러웠다.

'정말 이 대인이 아니었다는 것일까?

당연히 지난해 팔월 보름에 일어난 기사는 이초가 만들어낸 일이라 생각했던 유서린이다.

비록 어렸을 때지만, 유서린은 분명 이초를 본 적이 있었다.

아무것도 없는 허공을 두드려 북소리를 냈다.

그 같은 신기를 부릴 수 있는 악사는 중원 천지에 몇 되지 않을 것이다. 아니, 어쩌면 이초가 유일할지도 몰랐다.

그것을 보았기에 팔월 보름날의 기사도 당연히 이초가 한 것이라 확신했던 것이다.

그런데 이제는 그마저도 불확실하다.

이초만 가능하다 여겼던 신기를, 풍류선인이란 자는 악양루 지붕 위에서 펼쳐 보였다.

이초만 가능한 일이 아니라는 듯했다.

'하지만 너무 갑작스러워.'

공교롭다면 공교롭다.

악양의 기사로 인해 이초를 무림맹으로 들이려는 유서린이다.

그리고 풍류선인이 모습을 드러낸 것은 유서린이 이초를 만나고 그리 오랜 시일이 걸리지 않아서였다.

더욱이 스스로 모습을 드러내지 않았던가.

마치 자신의 존재를 세상에 알리려는 듯했다.

유서린은 그것이 너무 작위적으로 느껴졌다.

"멈춰라!"

하지만 그런 유서린의 생각은 그리 오래가지 못했다.

누군가 유서린의 앞을 막아서고 있었다. 시퍼렇게 날이 선 거치도(鋸齒刀)를 겨누고 있는 사내를 필두로 넷이나 되는 숫자의 무인들이 유서린을 둘러싸고 있었다.

'생각이 너무 깊었어.'

생각이 깊어 저들의 접근을 알지 못했다.

하지만 적의를 드러내는 상대가 눈앞에 있는 이상 그것을 겉으로 드러낼 만큼 유서린은 무르지 않았다.

"무슨 일이시죠?"

유서린의 목소리는 차가웠고, 그녀의 표정은 냉담했다.

"네년이 가져간 비천마경을 다시 내놓아라!"

선두에 거치도를 든 사내가 유서린을 향해 외쳤다.

"아!"

유서린은 그제야 거치도를 든 상대가 누구인지 기억할 수 있었다.

'오흉(五凶) 중 일흉(一凶). 살치도(殺齒刀) 초기충!'

오흉이라 하여 함께 뭉쳐 다니며 악행을 자행하는 이들이다. 그중 살치도는 비천마경의 필사본을 지니고 있다, 유서린에게 빼앗기고 도주한 바 있었다.

아마 그것을 다시 되찾기 위해 남은 사흉(四凶)을 이끌고 온 것이리라.

"지금 그 행동은 무림맹에게 적의를 드러낸 것으로 보아도 무방하겠군요."

유서린의 표정이 더욱 차가워졌다.

"하! 겨우 천권호무대 따위에 겁먹을 내가 아니다! 본디 내 것이었으니, 오히려 빼앗은 건 네년이지 않느냐! 오늘 돌려주지 않는다면……."

은근한 경고가 깃든 유서린의 말에도 초기중은 전혀 개의치 않는 듯했다.

천권호무대.

현 무림에서 그녀의 부대가 가지는 영향력의 반증일지도 몰랐다.

"않는다면요?"

"죽어야겠지. 아니야! 그래도 얼굴은 반반하니 내 죽이기 전에 동생들과 함께 직접 극락을 경험하게 해줄 것이니 어쩌면 네년에게도 그리 나쁜 조건은 아닌 듯하구나!"

"크흐흐흐! 형님! 이번에는 내가 먼저요."

여인인 유서린을 두고 하는 초기중의 음담패설에 다른 사흉 중 하나가 흉소를 터뜨리며 농을 뱉었다.

유서린의 아미가 짧게 꿈틀했다.

그러나 그것도 잠시다.

이내 차가운 미소를 지었다.

"그것도 나쁘진 않겠군요. 하지만, 그럴 자격이 될지는 모르겠네요."

스릉!

순간 유서린의 검갑에서 검이 뽑혀 나왔다.

시린 한기가 가득한 검신을 드러낸 유서린은 순간 앞으로 걸음을 내딛었다.

상대는 다섯 명.
하지만 유서린의 표정은 차갑게 가라앉아 있었다.
스확!
검을 휘둘렀다.
도합 다섯 번.
한 사람에 한 번씩 검을 휘둘렀다.
"크륵!"
살치도 초기중의 입에서 가래 끓는 소리가 흘러나온다. 그것은 나머지 사흉 또한 마찬가지다.
이내 오흉의 목에 붉은 실선이 생겨나고, 그마저도 얼마가지 않아 오흉의 머리가 바닥에 굴렀다.
유서린의 단 다섯 번의 검격으로 오흉의 목이 떨어져 내린 것이다.
그동안 온갖 악행을 자행해 온 이들이다.
더욱이 유서린을 향해 먼저 살의를 드러낸 이들이다.
무림의 법도 상 죽여도 상관없다.
그러나 유서린의 차가운 눈에는 짙은 슬픔이 어렸다.
"차라리 그때 영영 도망쳐 버리지 그러셨어요."
목이 떨어진 시체를 바라보며 유서린이 낮게 중얼거렸다.
살인은 처음이 아니다.
하지만, 여전히 그녀에게 익숙해지지 않는 것 또한 살인이었다.

그러나 이제는 모두 부질없는 일.

저벅. 저벅.

유서린은 차분한 걸음으로 자리를 벗어났다.

*　　*　　*

그 뒤로도 풍류선인은 곧잘 모습을 드러냈다.

어느 날은 비파음을 내고, 또 어느 날은 피리를 불었다. 자연조화를 부리는 날이 있는가 하면, 또 부리지 않는 날도 있었다.

모습을 드러내는 장소도 제각각이다.

하지만, 그런 풍류선인의 잦은 행적에도 여전히 풍류선인의 얼굴을 보았다는 이들은 없었다.

어느 날은 모습을 숨긴 채 음률만 울리기도 했고, 또 모습을 드러낸 날에는 조잡한 가면으로 얼굴을 숨겼기 때문이다.

하루가 다르게 소문은 불어만 간다.

그에 반해 비천마경에 대한 소문은 점점 잦아드는 분위기였다.

무림맹에서 비천마경을 회수했다는 이야기가 돌기 시작하면서부터 찾아온 변화였다.

*　　*　　*

달구어진 불판 위에 양귀비를 볶는다.

독초로 취급되는 양귀비를 다루는 일인만큼, 사방엔 문을 활짝 열고 행동엔 조심을 기했다.

불판의 뜨거운 열기 탓인지, 아니면 독초를 다루고 있는 탓인지 침묵명의 위가헌의 이마에는 굵은 땀방울이 송골송골 맺혀 있었다.

"가까이 오지 마십시오."

위가헌은 빼곡 고개를 내밀며 양귀비를 볶는 것에 관심을 보이는 이초에게 경고했다.

이초가 피식 웃는다.

"어차피 내가 먹을 약인데 무슨 상관인가!"

그런 이초의 반박에 위가헌이 입을 꾹 다문다.

지금 양귀비를 볶는 이유가 이초 때문이었으니 달리 할 말이 없다.

"…효험은 있으셨습니까?"

침묵 끝에 위가헌이 조심스럽게 물었다.

"제대로더군그래. 자네가 다른 건 몰라도 약 하나는 제대로 만들지 않나."

"내성이 생기면 그땐 이것으로도 힘들 겁니다."

"그전에 끝을 내야지."

오고 가는 대화.

이초는 최근 양귀비를 원료로 한 약을 복용하기 시작했다. 이초가 강하게 요구한 탓이다.

그 효험은 진통(鎭痛)이다.

양귀비의 독성을 빌어 고통을 진정시키는 일이다.

위가헌이 답답한 마음에 입을 연다.

“굳이 그러셔야 합니까? 이건 오히려 몸만 망치는 일이지 않습니까. 차라리 솔직히…….”

“말하면? 그 아이가 그냥 가만히 있을 것 같나? 내 괜히 양귀비를 처먹고, 그 아이의 이목에서 내 몸을 숨기려 가락을 운용하려 애쓰는 줄 아는가?”

“…….”

위가헌은 입을 다물었다.

이초의 사정은 들어 알고 있었다.

처음 이초의 몸 상태를 알아본 이가 위가헌이었고, 이초에게 양귀비를 처방한 것도 위가헌이었으니 모를 리 없다.

“내 죽어가고 있다고 하면? 그 아이 성격상 가만히 있을 리가 없지. 지금도 무림맹으로 떠나지 않겠다고 고집을 부리는 녀석인데, 그것을 알고 나면 어디 떠나려고 하겠는가?”

이초의 몸은 죽어가고 있었다.

어느 정도 쾌차를 보이던 과정에 돌연 상황이 변하여 진행되는 과정이었다.

광릉산보 때문이다.

이초는 이미 오래전에 광릉산보의 해석본을 익혔었다.

비록 그것을 다 익히지는 못했다 한들, 광릉산보의 그 괴기스런 가락이 깊숙이 몸에 자리 잡기에는 충분할 정도였다.

다만 절음을 한 그동안은 그것이 잠들어 있었을 뿐이다.

그리고 그것이 송현에게 광릉산을 익힐 수 있도록 곁에서 도우면서 깨어났다.

귀기가 섞인만큼 그 가락은 은밀했다.

오히려 당사자인 이초조차도 위가헌의 말이 아니었다면 알지 못했을 정도다.

그 뒤로 죽어가는 몸 상태를 숨기기 위해 양귀비를 복용하고, 스스로 항시 가락을 일으켜 송현이 자신의 몸 상태를 알아보지 못하게 숨기고 있었다.

이초는 피식 웃었다.

"그 아이라면 남을 걸세. 남아서 내 병간호를 하겠다고 하겠지. 하나, 긴 병에는 효자 없다 했네."

"송 악사는 그런 사람이 아니지 않습니까!"

"그래, 아니지. 해서 더 문제야. 나는 죽어갈 것이고, 그 아이는 나를 살리고자 사방팔방으로 뛰어다닐 것이야. 그러고도 안 된다면 어찌 되겠는가?"

송현이 이초의 병수발을 거부할 리 없다.

오히려 마땅히 자신의 일이라고 받아들일 것이고, 또한 이초를 구하기 위해 백방으로 노력하며 정성을 다할 것이다.

그것을 잘 아는 이초다.

그럼에도 이초는 송현에게 자신의 상태를 숨기고, 오히려 송현을 떠나보내려 했다.

아니, 그렇기에 송현을 떠나보내려 하는 것이다.

"죽어가는 아비 때문에 덩달아 그놈도 죽어갈 것이야. 외로움이 깊은 아이이나, 도리어 그래서 정이 깊은 아이야. 내 병간호에 외로움과 괴로움만 깊어지겠지. 그러다 죽으면? 그땐 또 어찌할 것인가! 어쩌면 더는 예인으로 살아갈 수 없을지도 모르는 일이야."

송현을 알기에 다가오는 죽음을 숨기려 하는 것이다.

이미 자신의 할아버지를 떠나보낸 송현이, 이번에는 이초를 떠나보내야 한다.

죽어가는 이초의 곁에서 송현이 감당해야 할 고통과 괴로움이 얼마나 클지 감히 상상할 수조차 없다. 그러고도 죽어버리면 남겨진 송현의 외로움은 또 어찌 감당할 텐가.

이초는 그것이 두려웠다.

자신 때문에 송현이 망가지는 것을 원치 않았다.

그래서 이유도 말해주지 않고 송현에게 무림맹으로 떠나라 한 것이었다.

"해준 것 없는 허울뿐인 아비라지만, 그래도 자식새끼 앞길을 망칠 수는 없는 일이 아닌가."

이초는 웃었다.

그러나 그 웃음은 전혀 유쾌하지 않았다.
적어도 그 순간 위가헌은 그렇게 느꼈다.
오히려 애잔하기만 하다.
"그래서 그러셨습니까?"
"무엇을 말인가?"
"어찌 모습을 감추셨는지 모르지만, 최근 악양에 나타난 풍류선인 말입니다. 어르신이 아니고서야 누가 그런 일이 가능하겠습니까."
위가헌은 이초가 풍류선인이라 짐작했다.
소문으로 들리는 풍류선인의 외향은 분명 이초의 모습과는 괴리가 있었지만, 풍류선인이 보인 기이한 자연조화는 이초가 아니고서야 누구도 실현할 수 없는 일이라 여겼다.
최근 이초가 입버릇처럼 송현이 이미 자신을 넘어섰다 이야기하곤 했지만, 위가헌은 그것을 곧이곧대로 믿지 않았다.
그러기에는 이초를 곁에서 보아온 시간이 너무나 길다.
이초의 아들이 죽기 전부터 알아온 세월이니, 이초의 음악이 어떻게 성장했고, 또 지금은 얼마나 발전했는지 알고 있었기 때문이다.
"풍류선인?"
그러나 정작 이초의 입에서는 의문 섞인 반문이 흘러나왔다.
"악양루 지붕에서 연주를 하시지 않으셨습니까. 그전에는 동정호에서 연주를 하셨지요. 풍운조화를 일으키고, 인세에 보기 드문 기사를 부리셨지 않습니까. 제가 아는 한 적어도 그것이 가능한 사람은 어르신뿐입니다."

위가헌은 이미 모든 것을 알고 있다는 듯 말했다.

"대체 무슨 소리가 그게!"

그러나 이초는 도리어 성을 냈다.

그것이 기이하다.

"정말 어르신께서 행하신 일이 아니시란 말입니까? 무림의 관심을 돌리기 위한 가상의 존재를 만들기 위해서요. 그래야 어르신은 물론 송 악사의 안전 또한……."

지난해 팔월 보름에 일어난 악양의 기사.

그 소문이 번지고, 마침내 무림맹에서 이초를 찾아왔다는 사실을 알고 있다.

또한 많은 무림인과 예인들이 이초를 악양의 기사를 일으킨 장본인이라 짐작하며 이목을 집중하고 있다는 것도 알고 있다.

요 몇 해 중원전역을 거쳐 계속해 모습을 드러내는 무공비급과 절세무구들로 인해 무림이 혼란하지 않았다면, 아마 무림은 가장 먼저 이 일에 신경을 집중하였을 것이다.

"아닐세! 내가 왜 그런 일을 벌인단 말이야! 그건……."

부정하던 이초의 말끝이 흐려졌다.

이초는 잠시 자신의 말을 끊고 고개를 갸웃거렸다.

"풍운조화를 일으켰단 말인가?"

"예, 동정호의 강물이 치솟고, 내리던 비가 그치는 기사를 일으켰습니다."

"…흠!"

이초의 입에서 신음성이 흘러나왔다.

짚이는 데가 있었다.

"허! 설마! 아니, 아닐 것이야. 어찌 그런 일을……."

그러나 끝내 이초는 자신의 짐작을 부정했다.

*　　　*　　　*

날이 저물어 가고 있었다.

송현은 숲 속에 있었다. 봉오리를 맺기 시작한 꽃잎을 땄다. 소매 가득 꽃잎을 따다 담으니 옷자락에 곱게 꽃물이 들었다.

그런 송현의 등 뒤로 이미 따놓은 꽃잎을 싸 놓은 보따리가 한 가득 있었다.

송현은 만족스런 미소를 지었다.

"이 정도면 되겠구나."

얼추 필요한 양이 되었다 여긴 송현은 그것을 자신이 딴 꽃잎을 등에 지고 집으로 돌아왔다.

"아버지? 다녀오셨습니까? 잠시만 기다리십시오. 곧 저녁을……."

집 앞마당엔 의방에 다녀온 이초가 서 있었다.

이초를 발견한 송현이 웃으며 저녁식사를 준비하겠다 말하려 했다.

그런데 이상하다.

이초의 표정이 평소보다 더욱 굳어 있었다.

"등에 진 것은 무엇이냐?"

"예?"

"네놈의 등에 진 것이 무엇이냐 묻지 않느냐!"

성난 듯 따져 묻는다.

이초의 아들이 된 이후 이초가 이처럼 화를 내는 것도 오랜만이었다.

송현은 당황했다.

"꽃잎입니다."

그 대답에 무슨 일인지 이초의 눈빛이 더욱 날카로워졌다.

"왜? 꽃비라도 내리게 하려느냐?"

"……."

순간 송현은 말을 잊었다.

"왜? 풍류선인인지 나발인지가 되어 사방 천지에 풍운조화를 부릴 심산이었더냐?"

추상과 같은 이초의 호령에 송현의 눈빛이 흔들렸다.

그러다 이내 고개를 숙였다.

"…알고 계셨습니까?"

"오늘 알게 되었다. 세상 천지에 음으로 풍운조화를 부릴 수 있는 놈이 네놈 말고 어디 있더냐!"

"……."

송현은 부정하지 않았다.

어차피 이초라면 금방 알아차릴 일이었다.

이미 예상하고 있었지만, 그것을 이렇게 직접 마주하고 나니 순간 할 말이 떠오르지 않았다.

이초의 말대로다.

얼굴을 가린 채 악양에 나타나 풍운조화를 부리는 신선.

그의 정체는 송현이었다.

"왜 그랬느냐?"

이초가 그런 송현을 추궁했다.

잠시 고개를 숙였던 송현이지만, 송현은 이내 고개를 들고 이초를 바라보았다.

잘못한 일이 아니니 고개를 숙일 이유는 없었다.

송현은 그렇게 생각했다.

"이목을 돌리기 위해서였습니다."

"왜? 무림의 연이 나를 덮칠까 봐서?"

"예! 그렇습니다. 무림맹도, 다른 무림의 사람들도 모두 아버지께서 악양에 기사를 일으킨 주인공이라 추측하고 있었습니다. 그 시선을 돌리고 싶었습니다."

"……."

솔직한 송현의 대답에 이번엔 이초가 입을 꾹 다물었다.

그런 이초를 바라보며 송현은 아직 다하지 못한 말들을 했다.

"아버지께서는 무림의 연이 찾아들길 원치 않으시지 않으십니까."

송현의 목소리가 슬퍼진다.

당당히 치켜들었던 고개가 무색하게, 다시 수그려진다.

힘없이 축 처진 송현의 어깨 위로 죄책감이 내려앉았다.

'나 때문에 벌어진 일이니까.'

절음한 이초가 결국 북을 치게 만든 것은 송현 자신이다. 그 때문에 그날의 기사가 일어났고, 무림의 관심이 몰리기 시작했다.

그때였다.

"…그러다 다치면 어찌하려 그랬느냐."

꼬옥!

순간 이초가 송현의 손을 잡았다.

다정한 목소리로 다치면 어쩌려 했느냐 말한다.

그 다정함 속에 담긴 걱정이 송현의 가슴속에 무언가를 왈칵 터뜨린 듯했다.

"무림인이란 족속들이 얼마나 집요한 놈들인지 아느냐? 네가 사람들이 보는 앞에서 부러 풍운조화를 부렸으니, 그네들이라고 관심이 아니 생기겠느냐. 진정 신선인지 아니면 사람인지 알아보려 할 것이 첫 번째고, 그것을 확인하는 데 무력을 동원할 것은 또 당연한 일이 아니더냐!"

걱정하고 있었다.

화가 난 것도, 송현의 행동이 이초의 눈에는 위험한 일로 비쳐졌기 때문이다.

그래서 화가 났고, 송현을 다그쳤다.

"다시는 그러지 말거라."

다시는 그러지 말라 했다.

"또한 이 일은 네 잘못이 아니야. 하니, 마음 쓰지 않아도 될 일이야."

또한 송현의 잘못이 아니라 했다.

이초도 송현이 어떠한 마음을 품고 있는지 알고 있었다.

이초는 그 죄책감을 가질 필요가 없다고 이야기하고 있었다.

"아버지……."

마음이 따뜻해졌다.

가슴속에 맺힌 응어리가 너무나 쉽게 풀어져 버렸다.

아직도 송현은 이 모든 일이 자신으로 인해 벌어진 일이라 여겼다.

하지만, 송현을 괴롭혔던 죄책감은 한결 누그러졌다.

"죄송합니다."

무엇이 그리 죄송한지도 모른다.

그저 송현의 마음에서 흘러나온 말이었다.

"또 죄송하다 하는구나! 자식이 아비에게 무엇이 그리 죄송할 것이 많단 말이야. 그날 대기를 북으로 삼은 것은 나였고, 그로 인해 나는 미련을 끊고 아들을 얻었는데. 너는 어찌 자꾸 미안하다고만 하는 게야."

이초가 그런 송현을 다독인다.

온기가 담긴 목소리가 마음을 녹인다.

"다시는 위험한 일은 하지 말거라."

이초가 말했다.

"죄송합니다."

송현이 할 수 있는 말은 그 말뿐이었다.

모처럼만에 찾아온 따스한 저녁이었다.

*　　　*　　　*

"죄송합니다."

문을 닫고 나선다.

길을 걸어 내려가는 송현의 표정은 담담하기 그지없었다.

등 뒤로 어제 딴 꽃잎 보따리가 한 가득이다.

'이번이 마지막이야.'

풍류선인이란 낯부끄러운 이름을 지닌 가상의 존재를 만들어냈다.

이제 지난해 팔월 보름에 일어난 악양의 기사는 풍류선인이 행한 일이 되었다.

무림의 시선 또한 갑작스레 나타난 풍류선인이란 존재에게 향하기 시작했다.

하지만, 아직 부족했다.

가면을 쓴 채로 모습을 드러내어 이초와의 간극을 만들어냈지만, 그래도 아직 이초를 향한 의심의 시선은 거두어지지 않은 것이 사실이다.

조금 더 확실히 보여줄 필요가 있었다.

'이번이 마지막이겠구나.'

이초는 더 이상 위험한 일을 하지 말라 했다. 그럼에도 행하는 일이다.

마지막이 될 것이다.

아니, 마지막일 될 수밖에 없을 만큼 확실히 이초와의 간극을 보여줄 것이다.

이로써 이초를 향한 의심의 눈초리를 대부분은 풍류선인에게로 옮길 수 있을 것이다.

산을 내려왔다.

큰 조롱박에 구멍을 뚫어 만든 가면을 쓰고, 온몸을 덮을 만한 장포로 옷을 갈아입었다.

손에는 미리 준비한 비파가 들려 있었다.

이제부터 송현은 풍류선인이란 낯부끄러운 존재하지 않는

존재가 되어야 했다.

펄럭!

꽃을 모아놓은 보따리를 허공에 펼쳤다.

꽃잎이 흐드러진다.

띵—!

송현은 비파를 연주했다.

송현의 몸에서 흘러나온 가락이 바람의 호응을 이끌어낸다.

실바람에서부터 시작된 바람이 송현의 주위를 맴돌자, 바닥으로 떨어져 내리던 꽃잎들이 바람에 실려 송현의 주위를 맴돌며 나비처럼 춤을 춘다.

비파연주는 계속되고.

저벅. 저벅.

송현은 악양의 번화가를 향해 걸음을 옮겼다.

송현은 그대로 악양의 거리를 관통해 지나갈 심산이었다.

위험한 방법이다.

풍류선인의 정체를 의심한 무림인 중 하나가 검을 뽑아 들고 덤빈다면, 지금의 송현으로서는 그 화를 빗겨낼 수 있을지 장담할 수 없다.

그런 것은 해본 적도 없고, 상상해 본 적도 없는 일이었으니까.

하지만 그럼에도 송현은 이 위험한 방법을 택했다.

이것이 풍류선인의 존재를 확고히 할 수 있는 가장 확실한 방법이기 때문이었다.

어느덧 송현은 악양의 시내로 들어서고 있었다.

거리엔 구경꾼들로 가득했다.

아름다운 비파의 선율이 애절하게 가슴에 사무친다.

"풍류선인이……."

"신선께서 이번엔 꽃바람을 희롱하시는구나!"

구경꾼들은 저마다 놀라 한 소리씩 했다.

대화를 나누고자 함이 아니다. 그저 속에서 우러나오는 감탄과도 같은 것이었다.

그 속에 유서린이 있었다.

"아니야……."

유서린은 낮게 중얼거렸다.

늘 사람으로 붐비던 거리가 곧게 뚫렸다. 길가에는 모여든 사람들로 가득하다. 숨 쉴 틈조차 없이 비좁을 정도로 모여든 군중들은 답답할 법도 하건만, 감히 길 중간으로 몸을 옮기지 못했다.

따랑—!

비파 소리가 울린다.

그 앞으로 꽃잎이 날리고, 박으로 된 가면을 뒤집어쓴 정체불명의 존재가 걸어 지나간다.

풍류선인.

최근 악양에서 가장 유명세를 타고 있는 존재가 눈앞을 지나가고 있었다.

허리는 곧게 섰고 키는 중키를 훌쩍 넘는다.

걸음걸이는 곧바르고 느리지도 빠르지도 않았다.

'그날 일어난 기사는 정말 이 대인과는 상관없는 일이었어.'

꽃비를 감싸며 걷고 있는 풍류선인의 모습은 유서린이 알고 있는 이초의 모습과는 전혀 달랐다.

풍겨 나오는 분위기부터, 걸음걸이. 심지어 체구까지 다르다.

지금까지 풍류선인이란 존재에 대한 소문을 듣고도 일말의 의심을 거두지 않았던 유서린이었지만, 눈앞에 걸어가고 있는 풍류선인의 정체를 확인하고도 의심을 계속할 수는 없었다.

그만큼 눈앞의 풍류선인과, 이초는 확실히 다른 존재였다.

유서린은 저도 모르게 풍류선인의 걸음에 맞추어 자리를 이동했다. 비좁은 사람 틈을 헤치고 지나가는 일은 무공을 익힌 유서린으로서도 쉬운 일은 아니어서, 이마에는 어느새 땀이 송골 맺혔다.

당장 달려가서 확인해 보고 싶다.

'하지만…….'

그럴 수 있는 분위기가 아니다.

아니, 몸이 거부한다.

풍류선인의 몸을 타고 휘도는 꽃바람이 보이지 않는 벽을 형성하고 있었다.

고개를 돌려 주위를 바라보니 유서린과 같은 생각을 가진 무인들이 몇몇 보였다.

그들 또한 움찔거리기만 할 뿐 감히 앞으로 나서 풍류선인의 얼굴을 가린 가면을 벗길 용기를 내지 못한다.

'정말 신선이 존재했던 걸까?'

그 기묘한 분위기.

귓가로 들려오는 아름다운 선율과, 눈앞에서 보이는 꽃바람.

정말 신선이라 해도 좋을 모습이다.

'만약 저 바람에 살기가 담긴다면…….'

순간 든 의문에 온몸에 오싹한 한기가 돌았다.

그 바람의 벽을 뚫을 생각은커녕, 당장 목숨조차 부지하기 어려울 것이다.

풍류선인이 정말 신인(神人)이라면 그것은 결코 불가능한 일만은 아닐 것이다.

그사이 풍류선인은 악양의 외각으로 이미 도착해 있었다.

길이 끊기고 강물이 앞을 대신했다.

곡조가 빨라진다.

풍류선인의 몸을 휘감아 돌던 꽃바람의 움직임도 점점 더 빨라졌다.

'사라질 거야!'

지금까지 들어온 풍류선인의 소문처럼 예상치 못한 조화를 만들어내며 순식간에 모습을 감추어 버릴 것이다.

직감적으로 이를 느낀 유서린은 급히 앞으로 뛰쳐나갔다.

묻고 싶은 것이 있었다.

이 순간만큼은 풍류선인에 대한 경의나 위험보다 의문이 우선이었다.

"잠시만요!"

다급한 심정에 크게 목소리를 올렸다.

"……."

연주는 계속되고, 풍류선인에게는 말이 없었지만 풍류선인의 시선은 분명 유서린을 향하고 있었다.

유서린이 물었다.

"작년 악양에서 일어난 풍운조화는 선인께서 한 일인가요?"

유서린이 진정 묻고 싶은 것은 그것이었다.

확실히 하고 싶었다.

작년 악양에서 일어난 풍운조화를 일으킨 것이 풍류선인인지, 아니면 이번에 일어난 풍운조화만 풍류선인이 일으킨 것인지 확실히 알아두어야 했다.

이초에 대한 의심을 거두는 것은 그때가 될 것이다.

"……."

풍류선인은 말이 없었다.

대신 몸으로 유서린의 질문에 대답을 대신했다.

끄덕.

짧은 한 번의 끄덕임.

"아!"

유서린은 낮게 감탄사를 흘렸다.

'정말 이 대인께서 하신 일이 아니었어. 이 대인은 절음을 깨지 않으신 거야!'

모든 것이 확실해지니, 유서린의 표정 또한 한결 가벼워 졌다.

그 순간.

화악—!

꽃바람이 강하게 일어났다.

일순 사방으로 뻗어나가는 바람에 눈앞의 시야가 가리어진다.

"…없어."

찰나의 순간이 지나고 난 뒤 다시 앞을 확인한 유서린이었지만, 눈앞엔 아무것도 없었다.

소문처럼 풍류선인의 모습을 감추어 버린 것이다.

*　　*　　*

강 외각. 구석 진 곳.

"푸하!"

도도하게 흘러가던 강물 속에서 무언가 튀어나왔다. 송현이었다.

송현은 거의 기다 시피 강둑을 올라와 그대로 쓰러졌다.

"하아! 하아! 하아! 됐어!"

거친 숨을 몰아쉬면서도 입가엔 만족스러운 미소가 가득했다.

운이 좋았다.

염려했던 위험한 일은 벌어지지 않았고, 천운이 따랐는지 유서린도 그 자리에 있었다.

마지막에 가서는 그녀가 먼저 질문을 한 덕에, 완전히 이초에 대한 의심의 시선을 걷어낼 수 있었다.

위험했지만, 그만큼 얻은 것이 많은 모험이었다.

그녀에게 대답한 이후 가락을 통하여 바람을 순간적으로 강하게 일으켰다. 흩날리는 꽃잎과, 갑자기 불어오는 강한 바람으로 사람들의 눈을 가린 사이 강 속으로 몸을 던졌다.

물소리 없이 강 속에 빠져 들기 위해 또다시 가락을 사용했고, 강 밑으로 잠수한 이후에는 역시 가락을 이용해 물길을 만들어 이곳까지 잠수해왔다.

"다시는 못할 일이구나."

웃으면서도 혀를 내두르는 송현의 모습은 초췌하기 이를 데 없었다.

가락을 운용하는 것은 많은 심력을 필요로 하는 일이다. 하물며 언제 있을지 모르는 위험에 놓인 상황이었다. 송현이 악양의 거리를 가로지르는데 소모한 심력은 실로 어마어마한 수준이었다.

아직도 머리가 아프고, 눈앞이 빙글거렸다. 속에서는 토악질이 쏟아내려 밀어 올리고 있었다.

그뿐만이 아니다.

강 속에 몸을 숨긴 이후로는 줄곧 호흡을 멈춘 채 숨을 참아야 했다. 조금만 늦었어도 한계에 부딪쳐 강 속에서 화를 당할 뻔했다.

그래도 좋았다.

"이제 눈에 띄지 않고 집으로 돌아가는 일만 남았구나."

감쪽같이 사라졌으니, 이제 남은 것은 사람들의 눈에 띄지 않고 집으로 돌아가는 일이다.

그 또한 만만치는 않은 일이었다.

그럼에도 송현은 웃었다.

제7장
다정각사총무정(多情却似總無情)

樂武林

다음 날.

유서린이 송현을 찾아왔다.

"이 대인과 함께 무림맹으로 가요."

단도직입적인 말이다.

송현은 그런 유서린을 빤히 바라보았다.

"최근 풍류선인의 등장했다고 들었습니다. 그가 풍운조화를 일으켰음을 직접 보였으니, 아버지께서 무림맹으로 가실 이유는 없지 않겠습니까?"

자신이 직접 행한 일이다.

이초에게로 향하는 무림의 시선을 풍류선인이란 가상의

존재로 돌리려 했다.

유서린의 물음에 고개를 끄덕여 확인시켜 준 것은 불과 어제였다.

'아직도 아버지께서 기사를 부리셨다 믿는 것인가?'

속으로 생긴 의문은 속으로 삼킨다.

"무림은 의심이 많은 곳이에요. 만에 하나 의심을 거두지 않는 이들이 있다면……."

"그 만에 하나라는 이유 때문이라면 못 들은 걸로 하겠습니다."

송현은 단호하게 유서린의 말을 끊었다.

그런 송현의 대답에 유서린의 눈썹이 하늘로 치솟았다.

"대체 왜 이러시는 거죠? 이 대인을 위한 일이란 걸 왜 인정하지 못하시는지 모르겠군요. 이 대인은……."

"아버지는 무림과의 연을 끊고자 하셨습니다. 한데, 무림맹에 들어가면 어찌 되겠습니까? 악양의 기사가 아버지에게서부터 비롯되었던 어찌 되었던 그때에 가서 그게 무슨 소용이란 말입니까."

무림맹으로 몸을 피했다.

그 순간부터 무림의 연은 이초를 옥죄어 올 것이다.

송현이 그것을 모를 리는 없었다.

"돌아가시지요."

송현의 대답은 한결 같았다.

* * *

악양루 삼 층에 동호연이 열렸다.

창은 모두 활짝 열렸고, 악사들은 모두 자리를 잡고 앉아 있었다.

송현도 그곳에 포함되어 있었다.

오늘은 송현이 선두에서서 연주를 이끄는 날이었다.

"하하하! 일단 한잔 하고 시작하세."

"어헛! 이 친구야. 자네이래도 되는 건가? 근무 중이라 하지 않았나!"

"괜찮아! 괜찮아! 어차피 일도 다 끝나가는 마당인데 뭘!"

그런 송현과 악사들의 앞에 오늘 동호연에 초대된 손님 두 명이 자리하고 있었다.

기분 좋은 얼굴로 술을 주고받는 두 사람은 송현도 익히 알고 있는 사람이었다.

'주찬이란 분과, 종국이란 분이셨지?'

지난해 팔월 보름날.

동호연을 찾아왔던 손님이다.

그날은 송현에게는 아주 특별한 날이었기에, 눈앞의 두 사람을 기억하고 있었다.

더욱이 송현의 시선이 가는 사람이 있었다.

'주찬이란 분은 무림맹 무사라 하셨고.'

주찬.

기억을 더듬어 보면 주찬이라는 사내는 무림맹에 속한 무사라 했었다.

최근 무림맹과 일이 얽혔던 탓에 자꾸만 관심이 가는 것이다.

송현이 살펴본 주찬이란 사내는 평범했다.

중키에 특별한 특징을 찾아볼 수 없는 평범한 얼굴이었다. 잘생겼다 하기도, 못생겼다 하기도 애매한 수준이다. 무림인답게 몸은 탄탄했으나, 온몸에 날카로운 예기가 흘러나온다거나 하는 것도 아니다.

모르고 스쳐 지나간다면, 결코 기억할 수 있는 인상은 아니었다.

송현이 주찬을 살피던 사이.

자기들끼리 술을 주고받던 사이 주찬의 시선 또한 송현을 향했다.

"하하하! 오랜만이오. 내 저번에 약속한 대로 다시 찾아왔소."

주찬이 송현을 향해 웃으며 아는 체를 했다.

송현을 대하는 주찬의 행동에서는 호의가 가득 묻어 나왔다.

"실은 내가 그날 처음으로 음악다운 음악을 들었지 뭐요.

무림맹에서 일하다 보니 죄 음악이라고 대하는 것은 음으로 사람 죽이는 음공쟁이들 뿐이니, 내 음에 대해 관심을 가질 수나 있었겠소?"

불쑥 자신의 이야기를 꺼낸다.

무림맹에 속한 무인이다 보니 음공(音功)을 익힌 고수들을 적으로 마주하는 경우도 가끔 있는 모양이다.

그런 이들을 적으로 상대하다 보니 음악에 대해 관심이 없었던 것도 무리는 아니다.

"내가 송 악사의 연주를 듣고 음을 다시 알았소. 그래서 또 몇 번 악사들이 연주하는 것을 들어보기도 했는데, 그것이 영 그때의 맛이 나지 않더라 이거요. 그래서 내 비천마경인지 뭐시기하는 그 시답지 않는 것 때문에 개고생을 하면서도 이렇게 찾아온 것이오. 큼큼! 그러니 오늘 연주도 잘 부탁하오."

주찬은 전에 보았을 때보다 말이 많았다.

술기운 때문인지, 아니면 원래의 성격이 그러한 것인지까지는 송현도 알지 못했다.

다만, 그런 주찬의 말속에 담긴 내용이 송현을 띄워주는 것들이었으니, 그 말을 듣고 있는 송현으로서는 민망할 따름이었다.

그러면서도 한편으로는 비천마경이란 단어가 유독 귀에 박혔다.

'유 소저와 같은 목적으로 오셨었구나.'

주찬이 악양에 온 이유가 유서린과 크게 다르지 않음을 알았다.

그러나 어디까지나 이 자리는 동호연을 위한 자리다.

주찬이 악양을 찾은 이유가 무엇이던 간에, 그가 송현의 연주를 듣기 위해 이 자리를 찾은 것은 분명한 사실이다.

송현은 사감을 최대한 지우며 고개를 숙였다.

"미숙한 실력이지만 최선을 다해 보겠습니다."

"하하하! 내 기대하겠소!"

주찬이 크게 웃음을 터뜨렸다.

그리고 언제 취했냐는 듯 자세를 바로하고 연주를 기다린다.

의외로 차분히 가라앉은 주찬의 표정은 진지하고, 오히려 지금까지의 어느 때보다 강한 인상을 주고 있었다.

감정을 가라앉혀야 비로써 그 존재감이 드러나는 사람이었다.

"예, 이번에 연주할 곡은……."

그 독특한 인상을 뒤로 하고 송현은 오늘 자신이 연주할 곡을 입에 올리려 했다.

하지만 송현의 자신의 말을 다 끝내지 못했다.

말을 멈춘 송현이 문 쪽을 바라본다. 그것은 주찬 또한 마찬가지였다.

드륵.

또다시 문이 열렸다.

그리고 익숙한 사람이 들어왔다.

'유 소저.'

유서린이다.

송현이 갑작스레 등장한 유서린을 바라보는 사이, 주찬이 벌떡 자리에서 일어섰다.

"이크! 빙백봉(氷白鳳)이 여긴 어쩐 일이시오? 대주께서 찾으시는 것이오?"

유서린을 발견한 주찬은 눈에 띄게 안절부절못했다.

'같은 부대의 소속인가 보구나.'

그런 주찬의 반응에 송현은 유서린과, 주찬이 무림맹에서도 같은 부대에 속한 사이임을 짐작했다.

"아니요. 대주께서는 선배를 찾지 않으십니다."

"그럼 어찌?"

"악양루를 찾는데 달리 이유가 있을까요? 아마 선배와 같은 이유겠지요."

"여, 연주를 듣기 위해 왔단 말이오?"

"예, 연주를 듣기 위해 왔어요."

두 사람의 대화가 이어진다.

두 사람이 지금 이 자리에서 만난 것은 미리 이야기가 이루어진 일이 아닌 듯했다.

잘못이 들킨 아이처럼 눈에 띄게 당황하는 주찬과 달리, 유서린의 표정은 시종일관 아무런 감정 없이 차갑기만 했다.

그런 유서린의 시선이 송현에게로 향했다.

"연주는 아직인가요?"

송현은 그제야 입을 열었다.

"예! 이번에 곧 시작하겠습니다. 이번에 들려드릴 곡은……."

"효를 주제로 했으면 좋겠군요. 악양의 풍류에 대해선 많이 들었지만, 악양의 효에 대해선 듣지 못한 것 같네요."

송현의 말을 가로챈 유서린이 효를 주제로 연주를 해달라 청했다.

송현의 눈썹이 잠시 꿈틀거렸다.

'아직 의심을 완전히 거둔 것이 아니었구나!'

단순히 동호연의 연주를 듣기 위해 이 자리에 찾아와서, 효라는 주제로 연주를 해달라 할 리는 없었다.

필경 다른 이유가 있을 것이다.

그리고 그 이유란 송현의 생각하기로는 아직 이초가 악양의 기사를 부렸다는 의심을 떨쳐내지 못했다는 것이 유력했다.

그러나 송현은 이내 생각을 바꾸었다.

'아니다. 어쩌면 단순히 아버지를 무림맹에 들이려는 생각을 바꾸지 않은 것일지도 몰라.'

효라는 주제로 연주를 청하는 것이 유독 걸렸다.

하지만, 그러한 추측도 그리 좋은 쪽은 아님은 확실했다.

"어려우시다면 다른 주제를 부탁드릴까요?"

차가운 유서린의 시선이 송현에게 내리꽂혔다.

"아닙니다. 곧 연주하지요. 먼저 주제를 청하시는 일은 이례적인 일이기에 연주는 저 혼자 하겠습니다."

유서린이 의도는 아무래도 상관없었다.

유서린이 음으로 송현에게 묻고 싶은 것이 있듯, 송현 또한 유서린에게 음으로 해줄 말이 있었다.

그 말을 하면 된다.

뚱―!

거문고 소리가 울린다.

장죽이 주음을 만들고, 왼손은 현을 짚는다.

눈을 반개한 송현의 표정은 진지했다. 거문고를 연주할 때만큼은 늘 그랬지만, 오늘은 더욱 특별했다.

현위를 손가락이 노니고, 장죽은 담담하게 주음을 뽑아낸다.

담백한 곡조다.

그 담백한 곡조 속에 전주가 시작되고, 이내 송현이 노래를 부른다.

다정각사총무정(多情却似總無情)

우각준전소부성(唯覺樽前笑不成)

납촉유심환석별(蠟燭有心還惜別)
체인수루도천명(替人垂淚到天明)

다정은 도리어 무정함과 같아
술을 앞에 두고서도 웃지를 못하구나.

촛불도 마음이 있어 이별이 아쉬워
사람을 대신하여 흘린 눈물에 날이 샌다.

맑고 깊은 목소리로 뽑아내는 곡조는 짧았다.

담백함으로 이어갔던 음률은 이내 쓸쓸함과 아쉬움만 남는다.

짧은 노래 시가만큼이나, 연주는 짧게 끝이 났다.

짧은 연주만큼이나 짙은 아쉬움이 여운으로 깊게 가슴을 울린다.

"만당전기의 시인으로 유명한 두목의 증별(贈別)이란 곡입니다."

연주를 마친 송현이 담담히 곡의 제목을 설명했다.

"……."

하지만 누구도 그 말에 반응하지 않았다.

짙게 남는 아쉬움의 여운 때문만은 아니었다.

"이것이……. 효에 관련된 곡이오?"

주찬이 어렵게 입을 열었다.

분명 유서린은 효를 주제로 한 연주를 주문했다. 송현 또한 그러겠노라 답했고, 직접 독주까지 했다.

그런데 나온 곡은 두목의 증별이다.

제목 그대로 이별을 주제로 한 시가다. 결코 유서린이 말한 효라는 주제와는 어울리지 않는 곡이다.

그러니 주찬이 의문을 가지는 것은 당연한 일이었다. 실제로 주찬이 아닌 악양루의 다른 악사들은 물론, 주찬의 친구인 종국도 그것이 의문인 듯했다.

"마음에 들지 않으십니까?"

송현은 그런 주찬의 물음에 담담히 반문했다.

"아니, 연주는 꼭 내 마음에 들었소만……."

연주는 분명 마음에 들었다. 비록 유서린이 주문한 주제와는 달랐지만, 확실히 가슴에 남는 여운은 남달랐다.

그러니 마음에 들지 않는다 답할 수는 없어, 자신도 모르게 주찬의 시선은 유서린을 향했다.

"……"

무슨 일인지 직접 효라는 주제를 주문했던 유서린은 말이 없다.

깊은 생각에 빠진 듯 얼굴표정은 심각하고 또, 어두웠다.

그렇게 유서린의 반응을 살피던 주찬이었지만, 이내 고개를 젓는다.

유서린이 별말을 하지 않으니, 주찬 또한 따로 불만은 없었다.

어찌 되었던 좋은 곡이었고, 주찬 또한 모처럼 만에 기회를 얻어 듣게 된 송현을 연주를 여기서 그치고 싶지는 않았으니까.

"아니오. 계속하시오. 이번에는 딱히 주제를 정하지 않아도 될 것 같소. 좋은 곡 부탁하오."

"예, 그럼 이번에는……."

다시 연주가 시작되었다.

그날 송현은 총 다섯 곡을 연주했다.

주찬은 한 곡조라도 더 듣고 싶어 하는 눈치였지만, 첫 곡 이후 내내 아무 말도 없는 유서린을 눈앞에 두고 자신만 연주를 즐길 수는 없는 일이었다.

그렇게 동호연은 흐지부지하게 끝이 났다.

"그럼 나는 이만 가네."

가장 먼저 자리를 벗어난 이는 종국이었다.

종국의 입장에서는 유서린이란 여인은 불편한 상대였다. 종찬과 같이 친분이 있는 것도 아니었고, 그렇다고 친구인 종찬이 조심스럽게 대하는 유서린을 편하게 대할 수도 없는 노릇이었다.

그렇게 종국이 떠났다.

하지만 멍하니 자리에 서서 떠날 생각이 없는 유서린을 두고 주찬마저 떠날 수는 없는 일이었다.

"괜찮으시다면 저희도 이만 나가보겠습니다."

결국 이례적으로 악사들이 먼저 자리를 떠났다.

"그, 그러시오."

송현의 말에 주찬이 고개를 끄덕였다.

동호연마저 파한 마당에 자신들 때문에 송현과 악사들을 마냥 기다리게 할 수는 없기 때문이다.

악양루 삼 층엔 주찬과 유서린 두 사람만 남았다.

"유 소저, 괜찮으십니까?"

주찬이 조심스럽게 유서린의 안색을 살폈다.

차갑게 얼어붙은 표정은 그녀의 마음을 살피기 어렵게 했다.

"…괜찮습니다."

"혹, 연주가 마음에 들지 않으셨습니까?"

그럼에도 주찬은 못내 불안하여 다시 질문한다.

유서린은 고개를 좌우로 작게 저으며 답했다.

"아니요. 마음에 들었어요."

"한데 왜……."

말끝을 흐린다.

연주가 마음에 들었다면서 유서린의 모습은 그와는 다르니 그 이유를 묻는 것이다.

"잠시 생각할 것이 있어서요. 신경 쓰지 않으셔도 돼요."

그제야 조마조마 가슴을 졸이던 주찬의 얼굴에도 생기가 돌았다.

"하하핫! 생각할 것이 있어 그러셨습니까? 나는 또 송 악사의 연주가 마음에 들지 않아서 그런 줄 알고 괜히 마음 졸이지 않았습니까. 효를 주제로 해달라는 유 소저의 요청에 송 악사가 증별이란 곡을 연주했을 때는 내 얼마나……."

웃으며 너스레를 떠는 주찬의 귓가로 유서린의 작은 목소리가 들려왔다.

"맞아요."

"네? 무슨 말씀이십니까?"

대관절 무엇이 맞단 말인가.

주찬은 유서린의 말을 이해 할 수 없었다.

멀뚱히 유서린을 바라보는 주찬의 귓가로 유서린의 목소리가 또다시 자그마하게 들려왔다.

"증별은 효에 관한 곡이었어요."

*　　*　　*

며칠이 흘렀다.

사락!

유서린은 펼쳐든 서찰을 곱게 접어 품안에 갈무리했다.

"후—!"

그녀의 고운 입술에서 한숨이 흘러나왔다.

참으로 미운 사람으로부터 전해져 온 서찰이다. 하지만, 그녀는 공과 사를 구분할 줄 안다.

밤이 깊었다.

유서린이 서 있는 곳은 이초의 거초로 향하는 산길의 초입이었다.

송현을 기다리고 있었다.

그리고 저 만치에서 걸어오는 송현의 모습이 보이기 시작한다.

"이 시간에 여긴 무슨 일이십니까?"

유서린을 발견한 송현이 먼저 질문을 던졌다.

"송 악사님을 기다리고 있었어요."

유서린이 그 물음에 답했다.

그러나 유서린의 마음은 아직 복잡하기만 했다.

이초에 대한 의심은 풍류선인을 두 눈으로 확인한 이후 거두었다.

그러나, 이초가 무림맹으로 가야 한다는 데에는 생각이 변함이 없었다.

그 편이 더욱 안전하다.

그것이 유서린이 믿음이었다.

그래서 동호연이 열린 날 송현을 찾았고, 효를 주제로 한 연주를 부탁했다.

무엇이 송현의 양부인 이초를 위한 일인지 다시 한 번 생각해 보라는 의도였다.

그리고 그날 송현이 화답한 곡은 두목의 증별이다.

"말씀하시지요."

생각에 빠져 있던 사이 송현이 용건을 물었다.

"왜 하필 증별이란 곡이었는지 알고 싶군요."

유서린은 망설이지 않고 용건을 꺼냈다.

짐작 가는 바는 있었다. 하지만, 송현의 입으로 직접 듣고 싶었다.

"증별은 이별을 노래한 곡입니다. 다정은 도리어 무정함과 같다 함은 다정한 마음이 있기에 도리어 무정히 대한다는 뜻입니다. 이별을 앞두고 아쉬움과 슬픔이 왜 없겠습니까. 하나, 그것을 겉으로 드러내면 상대의 아쉬움과 슬픔 또한 깊어짐을 알기에 그 마음을 숨기는 것입니다."

송현의 대답은 거침이 없었다.

얼핏 송현의 말은 그저 시구를 해석한 듯 보였지만, 유서린에게는 그렇게 느껴지지 않았다.

"무림맹 또한 그와 같이 해달라는 것인가요?"

이초를 위한다면 더는 관심을 쓰지 말아 달라.

송현의 말이 그 말임을 확인하는 것이다.

"맞습니다."

송현은 부정하지 않았다.

오히려 단번에 그를 인정했다.

'역시!'

유서린은 속으로 고개를 끄덕였다.

송현이 노래하는 증별이란 곡을 들었을 때.

유서린은 머리를 세게 맞은 것과 같은 충격을 받았다.

무엇이 이초를 위한 일인지 생각해 보라는 유서린의 요구에, 송현은 증별이란 시가를 빌려 다른 대답을 내놓았다.

그것은 무림맹의 호의가, 이초에게는 더 이상 호의가 아닐 수 있다는 말과 같았다.

송현이 말했다.

"풍류선인이 나타난 마당입니다. 한 해 전 악양의 기사는 그가 일으킨 일이라고 다들 생각하고 있습니다. 한데, 무림맹에서 계속 아버지께 관심을 보인다면 어떻게 되겠습니까."

"다시 의심을 품는 이들이 생기겠군요. 오히려 무림맹의 관심이 이 대인을 곤경에 빠뜨리는 셈이죠."

유서린은 고개를 끄덕이며 순순히 사실을 인정했다.

이초가 무림맹에 드는 것이 이초의 안전을 위한 최선이라 여겼다.

하지만 지금은 상황이 바뀌었다.

이제는 무림맹이 이초를 신경 쓰는 만큼, 이초는 더욱 위험에 놓이게 되었다.

유서린이 놓치고 있었던 부분이다.

그 때문에 유서린은 송현이 노래한 증별이란 곡에 큰 충격을 받았던 것이다.

"내일 저와 무림맹은 악양을 떠날 것이에요. 무림맹은 이제 무정함으로써 다정을 찾겠어요. 그동안 죄송했습니다."

더는 이초에게 무림맹에 들라 말하지 않겠다는 뜻이다.

송현은 고개를 숙였다.

"감사합니다."

송현의 표정이 한결 가벼워졌다.

그간 겪은 마음고생에 비한다면 너무나 간단하게 난 결론이었다.

"그럼 강녕하세요."

유서린은 다시 허리를 숙여 예를 취한 후 자리를 떠났다.

어차피 이초는 쉽게 고집을 꺾지 않는다.

또한 이초를 향했던 이목은 이제 풍류선인이라는 존재를 향하고 있다. 어쩌면 이초는 이곳에 있는 것이 가장 안전할지도 모른다.

이미 무림맹주에게 보고를 마치고, 동의까지 구한 마당이다.

비천마경의 비급도 모두 회수하였으니 더는 악양에 남아 있을 이유가 없었다.

이초를 무림맹에 들여야 한다는 생각을 털어버린 유서린

의 발걸음은 가벼웠다.

아무런 미련도 남아 있지 않는 모습이다.

그때였다.

우뚝.

돌연 유서린의 발걸음이 멈추었다.

어스름한 어둠 속에서 비치는 음영이 점점 더 가까워져 오고 있었다.

전해져 오는 기척은 한 사람의 것이 아니다. 족히 스물은 넘는 숫자다.

'무림인이 왜 여기에?'

발걸음이 가볍고 규칙적이다. 간간히 찰가닥거리는 쇳소리도 섞여 들려온다.

무림인이다.

마음을 비웠던 유서린이었으나, 갑작스런 무림인들의 접근에 긴장을 곤두 세웠다.

"…아시는 분이십니까?"

등 뒤로 송현의 걱정스런 물음이 들려온다.

"아니요. 제 동료 분들은 숙소에서 기다리기로 되어 있어요."

송현의 물음에 대답한 유서린은 안력을 돋우어 다가오는 무림인들을 살폈다.

그사이 거리는 가까워져, 그 복장을 구분하기에 충분한 거리가 되었다.

하얀 무복에 가슴에 새겨진 푸른 원.

유서린의 입이 열렸다.

"무림맹 청령단(淸令團)분들께서 여긴 어쩐 일이신가요?"

다가오는 일들은 무림맹 소속의 무사들이었다.

차가운 유서린의 목소리와 달리 유서린의 눈동자는 미미하게 떨리고 있었다.

'저들이 여기엔 왜?'

분명 악양에 파견된 무림맹 소속 무사대는 천권호무대뿐이다.

'설마, 원령들이?'

불길한 예감이 찾아들었다.

어둠의 장막이 걷히고, 이제는 표정마저 선명하게 드러난다.

"이런, 오랜만입니다. 유 소저."

선두에 선 사내가 유서린을 보며 히쭉 웃음을 지었다.

학사건을 질끈 묶은 사내의 나이는 족히 서른에 가까웠다. 품 넓은 소매를 가진 흰 무복은 그런 사내의 모습을 더욱 단정하게 보이게 했다.

그러나 결코 유약해 보이지 않는다.

오히려 그에게서 흘러나오는 기운은 단정함으로도 숨길 수 없는 거친 무언가가 있었다.

크다. 무겁고, 단단하다.

그와 마주한 유서린은 마치 절벽을 마주하고 선 듯한 느낌을 받고 있었다.

'청령단주 단호영.'

유서린은 속으로 말을 삼켰다.

청령단주 단호영. 청령단이 이곳에 왔음을 알았을 때 가장 먼저 떠오른 이름이었다.

지금 선두에 서서 유서린에게 인사를 건넨 이가 바로 그다.

서른의 나이에 이미 강호 명문세가의 장로급 무위를 갖추었다고 알려진 이다.

한번 결정한 일은 수단과 방법을 가리지 않고 이루어내는 독심으로도 유명했다.

식은땀이 흘렀다.

"예, 오랜만이네요. 하지만, 청령단주께선 아직 제 질문에 답을 주시지 않으셨네요."

애써 긴장을 숨기며 태연을 가장했다.

유서린의 날카로운 시선이 그에게 향했음에도 단호영의 눈빛에선 전혀 동요의 기색이 보이지 않았다.

"이초를 무림맹에 데려오라는 원령원의 명이 있었습니다."

'역시!'

유서린은 작게 아미를 찌푸렸다.

청령단이 갑자기 모습을 드러냈을 때부터 어렴풋이 짐작하고 있었던 일이었다.

"악양에 일어난 기사 때문인가요?"

"그렇겠지요."

"그건 풍류선인이란 자가……."

"그거야 확인해 보기 전까지 모를 일입니다. 이목을 돌리기 위한 속임수일지도 모르니 말입니다."

"이 대인께서 하신 일이 아니에요. 풍류선인은 실제로 존재해요. 제가 직접 확인한 일입니다."

"저는 원령원의 명을 따를 뿐입니다."

유서린의 말에도 청령단주는 전혀 개의치 않는 눈치였다.

"금분세수의 불문율을 어길 생각이십니까? 무림인이 악사를……."

"일개 악사 따위가 무림의 행사를 거부할 수는 없을 것입니다."

이초가 금분세수를 깨지 않았음을 들어 두둔하려 했던 유서린이다. 그러나 청령단주는 그마저도 그리 신경 쓰지 않는 듯했다.

이초가 무공을 다시 익혔다면 금분세수의 불문율이 깨어진 것이고, 이초가 다시 무공을 익히지 않았다면 그는 그저 일개 악사일 뿐이다.

한낱 악사 따위가 무림의 행사를 거부할 수 없다는 뜻이었다.

그 말속에 오만하리만큼 거대한 자신감이 어려 있었다.

'어떤 말을 해도 통하지 않아.'

유서린은 고개를 저었다.

무슨 말을 하던 결국 단호영은 자신의 뜻을 끝까지 관철 시킬 사람이다.

그 과정에서 무력을 통한 강제가 동원될 것임은 당연한 일이다.

"어쩔 수 없군요. 받으세요."

유서린은 한숨과 함께 품안에서 곱게 접은 서찰을 꺼내 건넸다.

"이 대인은 이곳에 계속 머무르실 겁니다. 이미 맹주께서 허한 일이죠."

무림맹주의 명령서가 담긴 서찰이었다.

동호연에서 송현의 연주를 듣던 그날, 유서린은 곧장 무림맹주에게 보고서를 올렸다.

악양의 기사와 이초는 관계가 없으니 이초가 이곳에 계속 머물 수 있게 해달라는 내용의 보고였고, 무림맹주는 이를 허락했다.

그 내용이 서찰 속에 모두 들어 있다.

아무리 단호영이라 한들 맹주의 명을 무시할 수는 없을 것이다.

그러나 그것은 착각이었다.

단호영은 유서린이 건넨 서찰을 펼치지 않았다.

화륵!
순간 불꽃이 일어났다. 서찰은 하얀 재가 되어 바닥으로 떨어진다.
"이런! 아쉽게도 맹주의 명은 확인할 수 없게 되었습니다."
단호영이 아쉽다는 듯 말한다.
하지만, 그의 입가에 걸린 비릿한 미소는 그 의미를 달리했다.
'맹주의 명마저 무시할 생각이야.'
단호영은 맹주의 명령마저 무시하고 이초를 무림맹으로 데려갈 생각이었다.
이렇게 된 이상, 더 이상 설득할 방법이 없다.
"휴—! 할 수 없군요."
스릉!
유서린은 검을 뽑았다.
"같은 무림맹 소속끼리 다툼을 벌이겠다는 뜻입니까?"
생각보다 강하게 나오는 유서린의 반응에 이번엔 단호영이 질문을 던진다.
유서린은 웃었다.
"천권호무대는 맹주의 명을 이행하는 곳이니까요."
그녀는 어떻게든 단호영과 청령대를 막아낼 각오였다.

제8장 여우부중(如牛負重)

樂武林

시린 검날이 밤하늘을 가르며 날아간다.

그러나 그 차가운 검날의 궤적을 흩뜨리려는 검은 하나가 아니었다.

여덟.

한 번에 여덟 개의 검날이 빙검의 궤적을 흩뜨리며 날아왔다.

차차창!

불꽃이 튀었다.

유서린은 걸음을 물리며 충격을 해소했다.

그러면서도 그 순간 다시 검을 날려 청령단 무사의 허벅지

위에 길게 자상을 남겼다.

스무 명이나 되는 적을 상대하면서도 유서린은 결코 쉽게 무너지지 않았다.

그 와중에 그녀가 쓰러뜨린 적은 벌써 다섯이나 된다.

그만큼 유서린은 강했다.

유서린의 차가운 검신은 언제나 가장 효율적이고 간결한 궤적을 만들어낸다. 수비는 단단했고, 판단은 냉철했다.

검격이 계속될수록 그녀에게서 흘러나오는 한기는 더욱 짙어져 가 운무가 생겨났다.

얼음선녀가 운무 속에서 검무를 추는 듯 아름답다.

그러나 무공을 모르는 송현이 알지 못하는 것이 있었다.

같은 무림맹에 속한 무인이기 때문인지, 그녀와 청령단은 서로 검격을 뿌리면서도 결코 생명을 위협할 살수를 쓰지 않고 있다.

때문에 그녀가 지금처럼 버틸 수 있는 것이다.

대신 무공을 모르는 송현도 아는 것이 있었다.

'점점 힘들어지고 있구나.'

겉보기에는 유서린이 스무 명의 청령단의 무인을 상대로 백중세를 이루고 있는 것으로 보인다.

하지만 들려오는 가락은 다르다.

시간이 지날수록 그녀의 검격에서 흘러나오는 소리는 점점 더 무뎌지고, 가락은 불안하게 흔들리고 있었다.

예악에 있어 가락이 흔들림은 무너짐을 앞둔 사상누각(沙上樓閣)이나 다를 바 없다.

한번 흔들린 가락은 다시 회복하기 어렵다.

그에 반해 청령단이라는 무사들이 검을 부딪칠 때마다 나오는 가락은 시간이 지나도 원래의 세를 유지하고 있었다.

가볍고 쾌속하다. 또한 끊임이 없이 계속해 빠른 가락들을 생산해 낸다.

더욱이 처음 유서린이 가장 경계하는 듯 보였던 청령단주 단호영은 아직 검도 뽑지 않은 채 한발 물러서 상황을 관망하고 있다.

겉으로 보이는 것과 달리 유서린의 상황이 점점 더 불리하게 흘러고 있음을 의미한다.

그러한 송현의 생각은 틀리지 않았다.

“읏!”

유서린의 입에서 신음이 흘러나왔다.

검을 휘두르던 그녀의 오른쪽 팔에 긴 상처가 생겨났다.

그것이 시작이다.

한번 상처가 생기기 시작하자, 그녀의 전신에 하나둘 크고 작은 상처가 생겨나기 시작했다.

상황을 만회하려 하는 유서린의 움직임이 더욱 크고 화려해져 갔지만, 한번 기울어진 균형의 추는 좀처럼 되돌릴 수 없었다.

패색이 짙어지자 그녀의 차가운 표정도 깨어졌다.

"뭐해요! 어서 이 대인을!"

유서린이 고개를 돌려 송현을 향해 소리쳤다.

패색이 짙어졌으니, 자신이 막고 있는 사이 이초를 대피시키라는 뜻이리라.

그러나 송현은 움직이지 않았다.

'부족했던 걸까?'

풍류선인이란 가상의 인물을 만들어 이초에게 향한 이목을 확실히 돌렸다고 생각했다.

그러나 그것은 착각이었다.

이초를 향한 의혹을 완전히 지우지 못했다. 그 결과 이렇게 청령단이란 이들이 찾아온 것이다.

"어서……!"

대답 없이 도망치지도 않고 홀로 생각에 잠겨 있는 송현을 향해 유서린이 다시 소리를 높였다.

하지만 그것은 그녀의 패착이었다.

이미 기울어가기 시작한 승부의 양상에서 집중력마저 흐트러졌으니 그 결과는 불 보듯 뻔한 일이었다.

"결(結)!"

내내 물러서 있던 단호영이 소리쳤다.

동시에 유서린을 몰아쳐 가던 청령단의 무사들이 좌우로 훌쩍 뛰어 물러나며 길을 연다.

펄럭!

단호영의 장포가 흔들렸다.

퍽억!

묵직한 소리와 함께 유서린의 몸이 크게 떠올랐다가 땅으로 떨어져 내렸다.

거리를 격하고 장력을 뿜어내는 격공장의 하나인, 만압격통장(萬壓隔通掌)이란 이름의 장법이다.

송현이 그 장법의 이름을 알 리 만무했다. 그러나 장법이 유서린의 몸에 격중하던 순간 들려온 가락은 분명히 느끼고 있었다.

'무거워.'

들려오던 음률은 마치 만근의 바위로 짓누르는 듯한 묵직한 힘을 가지고 있었다.

"어서 피하세요……."

쓰러진 몸을 억지로 일으켜 세우면서도 송현에게 피하라 말하는 유서린의 입가에도 가는 선혈이 흘러나왔다.

송현은 눈을 질끈 감았다.

'도망칠 수 없어.'

도망친다 한들 무림인의 추격을 따돌리기란 쉽지 않을 것이다. 더욱이 눈앞에는 큰 상처를 입고 쓰러진 유서린이 있지 않은가.

'결국!'

송현은 마음을 굳게 먹었다.

"그만하시지요."

낮은 목소리에 힘이 실렸다.

저벅. 저벅.

걸음을 옮긴다. 밤중에 송현의 걸음 소리는 유난히 크고 선명하게 번져 갔다.

'앞으로 열 걸음. 보폭을 줄인다면 서른 걸음.'

속으로 거리를 계산했다.

이마에는 식은땀이 흘렀다.

그렇게 송현이 다섯 걸음쯤 앞으로 나아갔을 때다.

파앗!

송현의 손가락이 허공을 짧게 쳤다.

"헛!"

"이, 이기어검(以氣御劍)?"

"아, 아니다. 한낱 악사가 어찌 이기어검을……. 또한 검에 어떤 기운도 실리지 않았지 않는가!"

일순 청령단의 무사들을 사이에서 커다란 동요가 일어났다.

다섯 개의 검이 허공에 떠올랐다.

제각각으로 향했던 검극이 방향을 바꾸어 청령단을 겨눈다.

이기어검술.

기로써 검을 다스려 손안에 쥐지 않고도 자유로이 다룰 수 있는 지고의 경지.

작금의 강호에 이기어검과 같은 경지의 신위를 보일 수 있는 이는 천외사천(天外四天)이라 불리는 절대자들뿐이다.

그와 같은 것이 지금 눈앞에 펼쳐졌으니 청령단의 무사들이 이처럼 당황하는 것은 무리는 아니었다.

하지만, 허공에 떠오른 검은 이기어검과는 조금 달랐다.

스스로 허공에 떠올라 살아 있는 듯 움직이지만, 세간에 알려진 이기어검은 검속에 막대한 내기가 담겨 별무리 같은 빛을 뿜어낸다고 했다.

하지만, 어둠 속에서 떠오른 검은 그저 별빛을 반사시키며 시퍼런 예기만 뽐낼 뿐이다.

전혀 예상치 못한 장소에서 펼쳐진, 전혀 예상치 못한 상황.

일순 움직임이 멈추고 침묵이 찾아들었다.

청령단의 무사들은 그들의 단주인 단호영을 바라보며 명을 기다렸고, 송현 또한 걸음을 멈춰 새운 채 가만히 단호영을 응시하고 있었다.

모두의 시선이 단호영을 향할 때.

단호영은 긴 침묵을 끊고 입을 열었다.

"…속행(續行)."

이어서 하라.

지금까지와 같이 계속해서 공격하라는 뜻이다.

촤락!

그 명령이 떨어지기 무섭게 청령단의 무사들이 송현을 향해 뛰어들었다.

저벅.

동시에 송현도 잠시 멈추어 세웠던 다시 재개했다.

다섯 개의 검이 빗살처럼 허공을 가르며 날아다닌다.

'앞으로 스물다섯 보.'

송현은 스스로 걸음을 계산했다.

그러면서도 한편으로는 온 심력을 집중하여 들려오는 가락과 자신의 가락에 쏟아부었다.

걸음 소리를 통하여 자신의 가락을 풀었다.

바람의 호응을 이끌어내서 다섯 개의 검을 띄우고, 그것을 의지에 따라 움직이게 했다.

다섯 개의 검이 허공을 가르며 날아들어 청령단 무사들의 검로를 파훼한다.

'교환(交換).'

송현은 청령단의 움직임을 예상하고 있었다.

유서린과 청령단이 서로 검을 부딪칠 때.

그때마다 들려오던 단편적인 가락을 통하여 유서린의 가락과, 청령단의 가락을 유추했다.

비록 단편적인 가락이라 할지라도, 송현은 그것을 통하여 전체를 관통하는 중심 가락을 찾아내었다.

유서린과 청령단 가락 모두를 말이다.

떠오른 다섯 개의 검은 유서린의 가락을 따르고, 몰아쳐 오는 청령단의 가락을 파헤치고 끊어냈다.

한 번도 시도해 본 적 없는 일이었다.

쉽지 않는 일이었으나, 시간이 지날수록 점점 더 익숙해져 갔다.

지금 송현의 다섯 개의 검은 다섯 명의 유서린이 펼치는 검이었다.

그것을 반증하듯 다섯 개의 검신에서 차가운 냉기가 흘러나오기 시작했다.

송현이 총 열 걸음을 내딛었을 때의 일이다.

그리고 송현의 걸음이 열두 걸음이 되었을 때 다섯 개의 검신에선 하얀 운무가 피어올랐다.

핏!

허공을 나르는 검이 청령단 무사의 허벅지를 스치고 지나갔다. 또 다른 검은 또 다른 청령단 무사의 손등에 긴 상처를 만들어낸다.

새하얀 운무 속에 모습을 감춘 다섯 개의 검이 튀어나올 때마다 청령단 무사들의 몸에는 크고 작은 상처가 생겨나기 시작했다.

송현이 우위가 점점 더 확실해지는 순간이다.

그때였다.

"동귀어진(同歸於盡)."

물러서 명령을 내리던 단호영의 입에서 또 다른 명령이 흘러나왔다.

함께 다한다.

목숨을 버림으로써 상대를 목숨을 취하라는 의미다.

휘릭!

그 말 한마디에 무사들의 움직임이 변했다.

목숨을 도외시 하며 몸을 내던졌다. 허공에 떠오른 검 따위는 신경 쓰지 않는다는 듯 송현을 향해 검을 내뻗어오는데 망설임이 없다.

필사의 각오다.

청령단은 단지 단주의 명령 하나로 서슴없이 목숨을 내놓을 만큼 강한 단체였다.

'흡!'

그때부터 상황이 역전되었다.

송현의 의지에 따라 움직이던 다섯 개의 검의 움직임이 난잡해지기 시작했고, 송현의 집중력도 흐트러졌다.

죽일 수 없어서다.

악사로 살아온 송현이기에 청련단을 막아섰음에도, 그들을 죽일 마음은 먹지 않았다. 때문에 그들의 허벅지와 팔에 상처를 만들어냈음에도 정작 목숨을 잃은 이들은 없었던 것이다.

단호영은 송현의 그 무른 마음을 읽은 것이다.

그 무른 마음이 승기를 빼앗아갔다.

하지만, 지금에 와서 없던 독심이 갑자기 생길 수도 없는 법이다.

스확!

그사이 검날이 송현의 얼굴을 향해 날아왔다.

목숨을 도외시한 청령단의 무사들 중 하나가 온몸을 던져 검을 내뻗은 것이다.

"송 약사님!"

쿠당탕!

바닥을 굴렀다.

"유, 유 소저? 괘, 괜찮으십니까?"

갑작스런 상황에 겨우 정신을 수습한 송현이 유서린의 안위를 먼저 살핀다.

청령단의 무사가 내뻗은 검신이 송현의 얼굴을 향해 날아올 때.

물러섰던 유서린이 몸을 날려 이를 대신 맞은 것이다.

유서린의 등에서 붉은 피가 번져 나오고 있었다.

창차창창!

동시에 여러 개의 검신이 송현의 목을 둘렀다. 조금한 미동에도 검신이 목에 닿아 피가 흐를 것이다.

“이상한 재주를 쓰는군. 유 소저를 치료하라. 나머지는 나와 함께 이초에게 간다!”

그런 송현과 유서린을 무심히 내려다보던 단호영이 명령을 내리고 등을 돌려 버렸다.

‘아, 안 돼!’

그 모습에 송현은 암담함을 느꼈다.

단호영은 이대로 이초에게 간다면, 무슨 일이 생길지 눈앞에 훤하다.

고집 센 이초는 단호영의 말을 따르지 않을 것이다. 그리고 수하들에게 서슴없이 동귀어진까지 명령했던 단호영이라면 그런 이초를 앞에 두고 순순히 돌아서지는 않을 것이다.

으득!

이를 악물었다.

목을 둘러싼 칼날의 서슬퍼런 예기가 고스란히 전해졌지만, 이제는 그런 것 따위는 아무렇지도 않았다.

그때였다.

개(開).

어디서인지 모를 곳에서 들려오는 목소리.

그것은 귀로써 들리는 것이 아닌, 마음에서 들리는 심언(心

言)이었다.

그 심언이 들리는 순간.

미지의 가락이 치솟아 올랐다.

송현은 땅을 박차고 일어섰다.

쿵!

미유증의 가락이 전신에서 뿜어져 나오며 송현의 목에 검을 겨누었던 무사들을 모두 날려 버렸다.

"멈춰-!"

멀어져 가는 단호영을 향해 몸을 날렸다.

송현의 외침에 단호영이 등을 돌린다.

송현과 단호영의 두 눈이 서로 마주치며, 찰나의 순간이 지났다.

스확!

지금껏 단 한 번도 뽑지 않았던 단호영의 검이 뽑혀져 나왔다.

"……."

적막이 흘렀다.

송현의 목에는 붉은 핏자국이 선명하다.

그런데 이상하다.

검날을 헤치고 뛰쳐나가 벌어진 상처다. 그 상처가 눈에 띄게 아물어가고 있다.

기사다.

단호영의 검미가 꿈틀했다.
“물러서라.”
단호영의 명령에 청령단의 무사들은 재빨리 물러서 검을 거두었고, 송현과 단호영은 서로를 노려보고 있었다.
찌릿.
송현의 이마 위로 소름 돋는 예기가 느껴졌다.
반 치도 되지 않는 간격의 거리에 단호영의 검첨이 머물러 있다.
그것은 단호영 또한 마찬가지다.
주인 없는 검 하나가 단호영의 목을 겨누고 있다.
서로가 서로의 목숨을 틀어쥐고 있었다.
“네놈이 풍운선인이였구나.”
송현을 노려보는 단호영이 으르렁거렸다.
“…….”
송현은 침묵으로 대답을 대신했다.
‘앞으로 일 보.’
한 걸음. 송현에게 남은 걸음 수다.
그 한 걸음을 내딛는 순간, 송현의 이마는 단호영의 검이 닿을 것이고, 송현의 검은 단호영의 목을 꿰뚫을 것이다.
휙!
“돌아간다.”
단호영이 검을 거두었다. 그리고 망설임없이 돌아서 버렸다. 자신의 목 끝을 겨누고 있는 송현의 검 따위는 전혀 개의치 않는 듯한 모습이다.

그렇게 단호영이 물러났다.

단호영의 명령이 떨어지자 지금껏 치열하게 검을 내뻗어오던 청령단의 무사들도 상처 입은 동료를 수습하고 망설임 없이 발길을 돌렸다.

"……."

격전으로 시끄러웠던 밤이 침묵으로 젖어든다.

사방엔 그들이 흩뿌린 핏자국이 선명하고, 유서린의 몸에도 치열한 싸움의 상처가 고스란히 남아 있었다.

멀리 사라져 가는 청령단의 모습을 지켜보던 송현이 입을 연 것은 그때였다.

"유 소저, 괜찮으십니까?"

여기저기 크고 작은 상처를 입은 유서린이다. 입가엔 아까 흘린 핏 자국도 선명하다.

다급히 유서린을 살피기 위해 걸음을 옮겼다.

집중력이 흐트러지자 검들은 허공을 비행했던 것이 무색하게 힘없이 땅 위로 떨어져 내렸다.

송현이 손을 뻗어 유서린을 부축하려 했다.

탁!

"그만하세요."

유서린이 송현의 손을 쳐낸다.

목소리에는 송현을 바라보는 유서린의 눈빛엔 모멸감이 가득했다.

"저를 속이셨군요. 재미 있으셨나요? 그래서 무림맹으로 가지 않겠다 하신 거겠죠?"

유서린이 마음속의 말을 쏟아냈다.

눈이 있는 이상 방금 송현이 펼친 신위를 보지 못했을 리가 없다.

단호영의 말처럼 유서린 또한 방금 전의 일을 통해 송현이 풍류선인임을 알게 되었다.

그래서 더욱 화가 난다.

애초에 이만한 능력을 가지고 있었다면, 도움은 모두 필요 없는 일이었다.

그러니 무림맹의 호의 따위는 거추장스러웠을 수밖에.

그것도 모르고 송현을 설득하려 했다. 그것도 모자라 송현과 이초를 지키겠다 홀로 청령단을 상대하려 했다.

얼마나 귀찮고 우스웠을까.

송현에게 비쳤을 자신의 모습에 더욱 모멸감을 느꼈다.

쓰라린 상처보다, 치명적인 내상보다, 모멸감으로 상처 입은 마음이 더욱 아프게 느껴졌다.

"큭!"

그때였다.

"송 악사님!"

돌연 송현의 무릎이 꺾였다.

"허억! 허억! 허억!"

잠잠했던 호흡은 갑자기 급박해져 입에서는 연신 거친 숨이 터져 나왔다.

코에서는 피가 흘러내린다.

창백해진 얼굴에, 땅을 짚어 몸을 지탱하는 팔과 다리는 사시나무 떨리듯 파르르 떨리고 있었다.

'저들이 다시 온다면…….'

송현은 당장에라도 쓰러질 것만 같은 몸을 붙잡으며 생각했다.

무림인들을 상대로 싸운다는 것은 생각해 본 적도 없는 일이다. 그러나, 결국 그 생각해 보지 못했던 일이 현실이 되어 들이닥쳤다.

힘들었다.

동시에 다섯 개의 검을 조종하는 것도 쉬운 일이 아니었고, 상대의 검격에서 들려오는 소리를 통하여 가락을 엿보고 일일이 모두 살펴 파헤치는 것도 쉬운 일이 아니었다.

그러나 무엇보다 힘이 들었던 것은 피를 보고 해를 입히는 일이었다.

자신이 없었다.

언제고 저들과 같은 이들이 찾아온다면 그때는 막아낼 수 있을지. 아니, 저들보다 강한 무림인이 찾아온다면 그때는 또 어떻게 해야 할지 감히 엄두가 나지 않았다.
한계를 느꼈다.
음을 통하여 풍운조화를 부리는 일과, 무림인과 싸우는 일은 전혀 다른 일이었다.
이렇게 해서는 이초를 덮쳐오는 무림의 연을 막아낼 수 없다.
송현은 눈을 감았다.
"무림맹으로……. 가겠습니다. 하나, 그것은 저 혼자입니다. 또한, 조건이 있습니다."
갑작스런 말이다.
청령단을 홀로 막아낸 송현이다.
송현이 자신을 조롱했다 여겼던 유서린은 왜 갑자기 송현이 이러한 말을 하는지 이해할 수 없었다.
"그게 지금 대체 무슨……."
"닷새만 시간을 주십시오. 인사를 해야 할 사람들이 있습니다. 그리고……."
유서린의 말을 자른 송현의 말은 진지했다.
농담이나 조롱이 아니었다.
그 진지한 모습에 유서린의 분노도 어느덧 차갑게 식어버렸다.
"말하세요."
"제가 악양의 기사를 일으킨 장본인임을 세상에 알려주십시오. 중원곳곳, 심산유곡 누구도 모를 수 없도록 확실하게! 아버지는 이 일과 전혀 관계가 없음을 알려주십시오."

이초의 곁을 떠난다.

그리고 송현이 악양의 풍운조화를 일으킨 풍류선인임을 세상에 공표한다.

송현의 그 말에 유서린의 동공이 크게 확장되었다. 눈동자가 떨렸다.

"모든 걸 혼자 짊어지시겠다는 건가요?"

송현은 지금 이초를 향한 모든 짐을 자신이 짊어지겠다 말하고 있었다.

*　　*　　*

비틀. 비틀.

술도 먹지 않았음에도 송현의 걸음걸이는 위태롭기만 하다. 어깨는 힘없이 축 늘어졌고 걸음은 무겁다.

그렇게 산길을 올랐다.

"늦었구나."

평소보다 늦은 송현의 귀가가 걱정됐는지 이초는 대문 앞에 서서 송현을 기다리고 있었다.

이초의 모습을 발견한 송현은 웃었다.

"무림맹으로 가겠습니다."

이제 이초를 떠나야 할 때다.

* * *

두 부자가 마루에 앉아 밤하늘을 바라본다.

피 한 방울 통하지 않았고, 함께 지낸 세월은 채 일 년도 되지 않는다. 그러나 두 사람은 서로를 아비로, 자식으로 여기고 있었다.

그 두 부자의 이름은 송현과, 이초였다.

"왜 갑자기 생각을 바꾸었느냐?"

밤하늘을 가만히 바라보던 이초가 물었다.

고집을 부리는 일은 없으나, 한번 고집을 부리면 황소고집이란 말로도 부족할 송현이다.

그런 송현이 고집을 꺾고 스스로 먼저 무림맹으로 가겠다고 했으니 이초는 그것이 의아했다.

'정히 안 되면 그저 멀리 여행이라도 보내려 했거늘.'

송현을 바라보는 이초의 눈빛은 복잡했다.

시원섭섭했다. 아니, 떠나라 한 것은 자신인데 막상 송현이 떠난다고 하니 괜히 서운하고 아쉬웠다.

사람의 마음이란 너무나 간사하게 생겨 먹은 물건임이 틀림없었다.

"아버지는 왜 제게 무림맹으로 가라 하셨습니까?"

이초의 질문에 송현이 도리어 반문한다.

이초는 피식 웃음을 흘렸다.

모든 사실을 곧이곧대로 이야기할 수는 없다. 그래서 처음 송현에게 무림맹으로 가라 했던 그날에도 어떤 이유도 말하지 않았다.

그래도 그날 이후 흘러간 밤낮이 있는데 마땅한 핑계거리 하나 생각해 두지 않았을 리도 없다.

'그 또한 마냥 거짓은 아니니!'

이초는 웃었다.

"클클클. 너는 외로움이 깊다. 외로움이 깊기에 정 또한 많다. 해서 네 음악은 무엇이든 외로움이 묻어나온다."

같은 악기를 쓰고, 같은 곡을 연주하고, 같은 스승을 두고 음을 익힌다 한들 악사들마다 그 느낌은 조금씩 다르다.

어떤 이는 슬픈 음악을 연주하여도 즐거움이 묻어나오고, 또 어떤 이는 즐거움을 연주하여도 슬픔이 묻어나온다.

굳이 비유하자면 그것은 학사의 필체와 같은 것이다.

"네가 이곳, 악양에 든 후 그 외로움이 많이 희석되었다고 하나, 그 균형을 맞추기에는 네 외로움이 너무나 깊구나."

송현이 가진 것은 외로움이다.

할아버지를 잃고 혈혈단신으로 교방에 들어가 성장해 왔으니 그것은 어쩌면 당연한 일이다.

하지만, 그럼에도 송현의 외로움은 깊은 것이 사실이다.

"지나치게 외로움에 치우치다 보면 끝내 외로움밖에 연주하지 못하는 절름발이가 될 것이야. 그래서 무림으로 가라 했다. 무림은 가장 격정적인 곳이다. 하루에도 몇 번씩 생과 사를 오가야 하는 곳이니, 인간의 오욕칠정(五慾七情)이 가장 적나라하게 드러나는 곳이지. 그곳이라면 네 치우친 감성도 조화를 이룰 수 있지 않을까 싶더구나."

핑계를 위한 거짓말만은 아니었다.

이초가 곁에서 지켜본 송현의 음악이 그러했다. 외로움에 치우치고, 그 속에서 따스한 정을 찾는다. 그 감성의 깊이가 깊어 지금껏 송현의 성장을 도왔겠지만, 언젠가 송현의 발길을 붙잡는 족쇄가 되어버릴 것이다.

이초의 감성이 미련과, 두려움에 치우쳐 있듯 말이다.

"악공은 어디까지나 음으로 사람과 만물을 감화시키는 이들이 아니더냐."

이초는 웃었다.

예인이 잊지 말아야 할 본질이 거기에 있었다.

음악이란 것의 시작은 감히 추측키 어려웠으나, 그 음악이라는 것도 결국 하늘을 향한 기원으로, 사람들을 향한 동화로 시작되었을 것이다.

음으로 기원하여 하늘을 감화하고, 음으로 이야기하여 사람들을 동화하는 것 말이다.

"지금에 와서 드는 생각이다만, 네가 가야 할 곳도 결국 그것이 아니겠는가 싶구나. 네 감성이 균형을 맞추고 깊이를 더 한다면, 네놈의 가락만이 아닌 천지만물의 가락이 네게 들릴 것이고, 어쩌면 여직 시작도 못한 광릉산보도 그를 통하여 이룰 수 있지 않겠느냐."

"광릉산보……."

송현이 광릉산보라는 말을 곱씹었다.

이초의 말대로 송현은 광릉산보를 시작조차 하지 못했다. 그저 이제는 때가 되면 들리겠거니, 마음의 순수함이 가득 차면 들리겠거니 하고 그저 관망하듯 풀어놓고 있을 뿐이다.

그러한 송현의 짐작이 이초의 이야기와도 상통하는 것이 있다.

"기다리마. 언제고 음의 끝을 보게 되면 너는 이 아비에게 그 끝에 무엇이 있는지 일러 주거라."

기다리겠다고 했다.

그 말이 너무나 따뜻하고, 든든했다.

"…예."

송현이 어렵게 고개를 끄덕였다.

닷새 뒤.

송현은 악양을 떠난다.

그 닷새라는 시간 동안 송현은 해야 할 일들이 있었다.

* * *

악양을 떠날 것임을 마음먹었다.

쉽지 않은 결정이었고, 지금도 수시로 되돌리고만 싶은 결정이었다.

그래서 더욱 마음을 단단히 먹어야 했다.

하나둘 작별을 이야기해야 할 때였다.

"송 악사님, 정말 떠나신단 말씀이십니까?"

"무림맹이라니요! 악사가 무림맹엔 무슨 일로 간단 말입니까?"

처음 악양을 떠날 것이라는 송현의 말에 오지겸과 모도환이 앞다퉈 질문을 던졌다.

오지겸은 송현이 악양루를 떠난다는 것이 믿기 어려운 듯했고, 모도환은 악사인 송현이 무림맹으로 간다는 사실을 납득할 수 없는 듯했다.

송현은 말없이 웃었다.

"……."

그 말없음이 때론 그 어느 말보다 많은 것을 전해 주게 마련이다.

떠나기 싫음에도 떠나야 하는 마음이 그 침묵 속에서 느껴졌다.

그럼에도 끝끝내 받아들이기는 어려운 눈치다.

아쉬운 것이다.

어느 날 갑자기 떠난다고 하니 그간 지내온 정이 아쉽고, 함께 지낼 수 없음이 아쉬운 것이다.

"이제는 정말 떠나시는군요."

이번엔 장서희가 말했다.

담담히 미소 짓는 장서희의 표정은 이미 송현이 악양루를 떠날 것임을 짐작하고 있었던 듯 보였다.

송현은 고개를 끄덕였다.

"예, 이번에는 정말 떠나게 되었습니다."

이초와의 합주 후.

처음 악양루를 떠난다고 했을 때.

송현은 결국 악양루를 떠나지 못하였었다. 악양루를 떠나고 얼마의 시간도 지나지 않아 이초의 아들이 됐었으니까.

그때는 하루 안에 오갈 수 있는 거리였다.

하지만 지금은 다르다.

이제는 무림맹이 있는 곳으로 떠나야 한다.

그 거리가 사람이 하루에 오갈 수 있는 거리는 아닐 것이니, 더는 악양루를 다닐 수는 없었다.

"무림맹은 무서운 곳이에요."

"무림인들이 있는 곳이니 그렇겠지요."

장서희의 걱정에 송현이 담담하게 고개를 끄덕였다.

이미 마음을 먹은 이상, 그곳이 무림인들이 모여 있는 무림맹이란 사실은 송현에게 더 이상 감흥을 주지 못했다.

이미 무림맹으로 가기로 한 이상 미리부터 겁을 집어 먹을 필요는 없었다.

"돌아오세요."

장서희가 말했다.

그녀의 목소리도 표정도 진지했다.

"언제가 될지 약속드리지 못합니다."

송현은 솔직히 대답했다.

무림맹으로 떠나야 하는 날은 알지만, 돌아올 날은 알지 못한다.

돌아올 때라면 그곳에서 아마 무언가를 얻은 이후가 될 것이다. 그게 언제인지도 지금으로서는 장담할 수가 없다.

장서희는 웃었다.

"상관없어요. 십 년이고 백 년이고 저희 악양루는 악사님을 기다릴게요."

"…감사합니다."

송현이 고개를 숙였다.

진심이다. 언제가 끝이 될지 기약조차 없는 기다림을 약속해 주는 장서희가 너무나 고맙다.

악양으로 돌아와야 할 또 다른 이유가 생겼다.

"염치없지만 아버지를 부탁드리겠습니다."

"걱정하지 말아요. 대인은 저희 악양루에도 귀한 분이시니까요."

그것으로 악양루와의 인사는 끝났다.

이제 상아와 작별을 나눌 차례다.

* * *

어두운 밤.

"……."

심통이 난 상아는 입을 꾹 다물고 볼을 부풀린다.

송현이 악양을 떠날 것이라 이야기했기 때문이다.

지난날 상아는 송현과 약속했었다.

떠나도 된다고. 다만 인사만 해달라고.

어린 상아였지만, 그날 새끼손가락을 걸고 한 약속을 잊지 않았다.

약속이랑 정말 중요한 것이다.

그렇기에 울며불며 떼쓰지 않았다.

그러나, 그렇기에 입을 꾹 다물어 버렸다.

"상아야……."

송현은 나직한 목소리로 상아의 이름을 불렀다. 그럼에도 상아는 여전히 입을 꾹 다문 채 말이 없었다.

입을 열면 금방이라도 울음이 터져 나올 것만 같아 그럴 수가 없는 것이다.

상아는 한참이 지나서야 입을 열었다.

"언제……. 언제 올 거야? 열 밤? 백 밤?"

송현을 올려다보는 상아의 맑은 두 눈엔 실낱같은 희망이 담겨 있다.

송현은 그 눈을 보면서도 끝내 고개를 저어야만 했다.

차마 상아에게 거짓말을 이야기할 수는 없었다.

"몰라. 언제가 될지."

"…그럼 아저씨 이제 못 보는 거야?"

상아의 목소리가 떨린다.

"아니야. 다시 돌아올게."

"그러니까 언제!"

"그건 아저씨도 모르겠어."

결국 원점이다.

의미 없는 대화를 주고받았고, 상아의 눈은 눈물방울이 가득 맺힌다.

가지 말라고 떼쓰고 싶었지만, 이미 송현과 한 약속이 있었다. 송현이 약속을 지켰으니, 상아 또한 약속을 지켜야 했다.

상아는 와락 송현의 품에 안겼다.

"우아아아아앙!"

참아왔던 울음을 터뜨렸다.

송현의 품에 안겨 굵은 눈물방울로 송현의 가슴팍을 적신다.

그렇게 눈물을 쏟아내고서야 상아는 겨우 하고 싶은 말을 할 수가 있었다.

"꼭! 꼭 돌아와야 해! 꼭! 잊어버리지 말고 돌아와야 해!"

혹여나 영영 송현을 보지 못할까 거듭 확인하듯 말한다.

마치 다시는 돌아오기 힘든 전쟁터로 송현을 떠나보내는 듯했다. 아니, 상아에게는 송현이 무림맹으로 가든, 전쟁터로 가든 아무런 차이가 없었다.

앞으로 긴 시간 동안 송현을 보지 못할 것이란 사실은 전혀 다를 바가 없었기 때문이다.

송현은 웃었다.

"그래, 꼭 돌아올게. 안 잊고 꼭 돌아올 거야. 자! 약속!"

송현이 먼저 새끼손가락을 내밀었다.

상아는 히끅거리면서도 마주 새끼손가락을 내밀었다.

"약속을 중요한 거야. 상아도 약속 지켰으니까……. 아저씨도 꼭 약속 지켜야 돼! 알았지?"

상아와 송현이 손가락을 마주 걸었다.

"히끅! 히끅! 우아아아앙!"

상아는 끝내 또다시 울음을 터뜨리며 송현의 품에 안겼다.

'이제 인사는 끝났구나.'

상아를 끝으로 작별인사는 모두 끝이 났다.

악양루의 장서희와, 악사들.

상아와 오 부인, 그리고 남치국.

소중한 이들이 많이 생겼다 했거늘, 이렇게 보니 또 얼마

되지 않는다.

그러나 그들 하나하나와 작별 인사를 나누며 그간 쌓인 깊은 정을 다시 한 번 느꼈었다.

이상한 일이다.

가슴은 따뜻한데, 자꾸만 아쉬움이 남는다.

* * *

상아와 이별을 마친 다음 날 새벽.

송현은 남치국의 배웅을 받으며 북촌을 내려왔다.

저 멀리 사당나무 공터가 보인다.

이초의 집으로 거처를 옮긴 이후, 더 이상 이곳에서 연주를 하지 않았다.

때문에 이렇게 이른 새벽에 사당나무 공터를 찾은 것 또한 오래간 만의 일이었다.

사당나무 공터는 많이 달라져 있었다.

"와아아아아!"

"자자! 나으리 엽차나 한잔 마시고 가시구려!"

"당과 있습니다! 꼬마야, 당과 하나 먹어보거라!"

아이들이 해맑게 웃으며 뛰 놀고, 여기저기 펼쳐진 좌판에서는 상인들이 호객행위를 한다.

그것은 송현이 이곳 사당나무에서 연주를 했을 때와는 똑

같다.

하지만, 거기에 더 해진 것이 있었다.

작은 단상이 생겼다.

사당나무 앞에 생겨난 단상은 송현이 이곳에서 연주를 할 때에는 없었던 것이다. 그리고 그 뒤로 악기를 든 악사들이 한 줄로 가지런히 줄을 서서 자신의 차례를 기다리고 있었다.

젊은 악사 하나가 자신의 차례가 되자 단상 위로 올라가 자리를 잡는다.

옆으로 부는 횡적을 손에 쥔 악사는 크게 심호흡을 두어 번 한 이후, 연주를 시작했다.

삐리리—

맑고 고은 피리의 음색이 사당나무 공터를 가로지른다.

"어떠십니까?"

멍하니 그 광경을 지켜보던 송현의 옆으로 다가선 남치국이 조용히 물었다.

"여기도 그간 많이 바뀌었었군요."

송현은 멍하니 중얼거렸다.

빈민촌인 북촌에 부러 찾아와 연주를 하는 악사는 없었다. 송현이 북촌 사당나무 공터에서 연주를 할 때에도 다른 악사들이 찾아오는 경우는 없었다.

길다면 긴 시간, 짧다면 짧은 시간이었으나 북촌의 풍경은 너무나 많이 바뀌어 있었다.

"비연악사."

그런 송현의 중얼거림에 남치국이 웃으며 말했다.

"예?"

송현이 놀라 되물었다.

비연악사. 그것은 사람들이 송현을 부르는 말이다.

남치국은 고개를 돌려 송현을 바라봤다.

"저기 저 젊은 악사들은 비연악사를 꿈꾸는 악사들입니다."

"무슨 말씀이신가요?"

"그 말 그대로입니다. 악양의 신인 악사들은 송 악사님과 같이 되기를 바라며 이곳에서 연주를 시작합니다. 처음에는 하나둘 호기 있는 악사들로부터 시작된 일이, 이제는 어느새 관례가 되었지요."

송현이 북촌을 떠난 이후.

북촌의 아침은 또다시 적막이 찾아들었다. 잠시간의 활기가 있었기에, 그 적막은 더욱 짙고 무거웠다.

그러던 어느 날 젊은 풋내기 악사가 북촌의 사당나무 공터를 찾았다.

사람들의 무관심 속에서 그 악사는 연주를 시작했다. 그 모습이 처음 송현이 사당나무 공터에서 연습했던 그때와 같았다.

그렇게 다시 사당나무 공터에 음악이 찾아들었다. 처음 연주하는 악사는 하나였지만, 시간이 지날수록 하나둘 찾는 이들이 늘었다.

그리고 어느새 악양루의 젊은 악사들이 거쳐야 할 하나의 관문이 되었다.

북촌에 사라졌던 활기가 다시 돌아왔다.

음악이 끊이질 않고, 생기가 넘쳐난다.

음악의 질은 떨어졌으나, 젊은 패기와 희망이 그 자리를 대신했다.

"다행이네요."

남치국의 설명에 송현은 작게 고개를 끄덕였다.

처음 사당나무 공터에서 연주를 시작했을 때.

송현을 연주케 했던 것은 잿빛의 음울한 기운으로 물들어버린 북촌의 모습에 안타까움을 느꼈기 때문이었다.

그리고 지금.

송현은 더 이상 북촌에서 연주를 하지 않는다.

그러나, 그 자리를 다른 젊은 악사들이 대신해 채우고 있다.

북촌에 그들만의 색(色)을 불어놓고, 각자의 음악을 전한다.

그 속에서 북촌은 점점 자신의 색을 되찾고 있었다.

다행스러운 일이다.

송현은 그렇게 생각했다.

"예, 기적 같은 일이지요."

기적(奇蹟).

남치국은 스스로 한 그 단어가 너무나 가슴 깊게 다가왔다.

북촌의 기적.

그 시작에는 송현이 있었다.

풍류의 도시 악양이다. 젊은 악사들이 하릴 없이 북촌을 찾아와 연주를 하는 것이 아니다. 송현이 있기 때문이다.

송현이 처음 연주를 시작한 곳.

그것이 가지는 의미는 단지 지나간 과거가 가지는 의미가 아니었다.

풍류.

이미 그 자체만으로 풍류가 되고, 희망이 된다.

송현이 악양의 손꼽히는 악사가 된 지금. 악양의 젊은 악사들은 자신이 또 다른 송현이 되기를 꿈꾸며 북촌을 찾는 것이다.

송현은 북촌을 변화시켰다.

그리고 그 변화는, 송현이 북촌을 떠난 이후에도 계속되고 있었다.

남치국은 웃었다.

'어디 기적이 그뿐이겠는가.'

송현이 만들어낸 기적은 북촌의 변화만이 아니다.

그보다 작지만, 남치국에게는 세상 무엇보다 소중한 기적을 송현이 선물해 주지 않았던가.

남치국을 대신해 그의 가정을 지켜준 이 또한 송현이다. 궁핍한 살림에, 매일같이 계속되는 빚쟁이의 시달림.

그 속에 위태롭게 유지되었던 가정.

웃는 날보다 눈물짓던 날이 더 많았던, 평안을 느끼기보다 불안에 떨던 날이 많았던 가정이다.

그것을 송현이 바꾸어 놓았다.

상아는 밝게 웃었고, 병든 남편을 대신해 가정을 지탱해가던 부인의 얼굴에도 여유가 생겼다. 그리고 병석에 누워 한탄스런 나날을 보내던 남치국은 이제 다시 가정을 책임지는 가장의 노릇을 하기 시작했다.

세상의 눈에는 너무나 작아 보이지 않는 변화였다.

그러나 남치국에게 있어 그 변화는 세상의 변화보다도 크고 소중한 변화였다.

그것이야말로 기적이었다.

그렇기에 남치국에게 있어 송현은 세상 어떤 신인(神人)이나 성현(聖賢)보다도 커다란 존재일 수밖에 없었다.

"감사합니다."

남치국은 마음속에 미루어 왔던 말을 용기 내 말했다.

"예?"

영문을 모르는 송현은 놀라 반문했지만, 남치국은 가만히 그 진심만을 전했다.

“전부. 전부 감사합니다. 이 북촌의 변화도, 저같이 못난 가장을 둔 저희 가정의 변화도……. 전부 감사합니다. 언제고 이 말을 꼭 하고 싶었습니다.”

그 진심이 거대한 울림이 되어 송현에게 전해졌다.

송현은 당황했다.

“아니에요. 저는 그저……!”

급히 손을 내저었다.

그저 스스로 그렇게 하고 싶어서 했을 뿐이다. 그중 의도한 일도 있었고, 의도하지 않은 일도 있었다. 하지만, 그런 것은 중요하지 않았다.

스스로 원했기에 했을 뿐이다.

그것을 가지고 감사의 인사를 받는다는 것은 너무나 어색하고 부끄러운 일이었다.

‘역시!’

눈에 띄게 당황하는 송현의 반응에 남치국은 작게 고개를 끄덕였다.

어렴풋이 송현이 이렇게 반응할 것이라고는 예상했다.

때문에 감사한 마음을 가슴에 품고서도 선뜻 입 밖으로 꺼내지 못했던 것이다.

만약 송현이 내일 악양을 떠나는 것만 아니었다면, 남치국은 아마 앞으로도 한동안 감사하다는 말을 꺼내지 못하고 망설였을 것이다.

그런데 이상한 일이었다.

막상 감사하다는 말을 전하고, 당황하는 송현의 모습을 눈으로 확인하고 있음에도 자꾸만 마음이 놓인다.

최소한의 마음은 전할 수 있어 다행이라는 생각이 앞섰다.

"어떠십니까? 떠나시기 전 오랜만에 이곳에서 연주를 해보시는 것은 말입니다."

남치국은 말했다.

당황하는 송현을 위해 화제를 돌리는 배려이기도 했지만, 한편으로는 그것은 또 다른 헤아림이었다.

"떠나시기 전. 이곳과도 이제 인사 정도는 해두심이 좋지 않겠습니까."

한때는 매일 새벽같이 송현이 연주를 시작하였던 곳이다.

송현에게도 그 의미가 결코 적지는 않을 것이다.

"…그럴까요?"

송현은 가만히 사당나무 공터의 차려진 단상을 바라보다 중얼 거렸다.

'그러고 보면 여기도 이제 한동안 못 오겠구나.'

마음이 동했다.

제9장
증별(贈別)

작별 인사를 하는 데 이틀을 보냈다.

이제 남은 날은 사흘이다. 그중 마지막 날엔 유서린과 함께 길을 떠나야 할 터이니 이제 송현에게 실질적으로 남은 시간은 이틀이었다.

송현은 그 이틀을 이초와 함께 보내는데. 아니, 이초를 떠나가기 위해 쓰기로 마음먹었다.

어깨에는 곡괭이 한 자루를 걸친 채로 집을 나섰다.

이초가 절음을 한 이후 지난 십여 년간 이초는 농사일을 통해 생활을 꾸려왔다.

하지만, 올 봄에는 무림맹과 엮인 여러 가지 복잡한 일로 농사일은 지지부진한 상태였다.

밭도 아직 다 갈지 못해 반쯤 황무지로 남아 있었다. 듣기로 예전 같았으면 벌써 밭을 갈고 이랑을 만들고 있어야 할 때였다.

그래서 송현은 밭을 갈고자 했다.

자신이 떠나고 나면 늙고 힘없는 이초가 모두 감당해내야 할 일임을 알기 때문이었다.

밭은 집에서 나와 산길을 타고 일다경 정도 걸어 올라가야 나온다.

처음 산에 불을 놓아 만든 밭은 한 사람이 모두 감당하기에는 제법 큰 규모였다.

채 반도 갈지 못하고 내버려둔 밭은 황량하기 그지없었다. 벌써 여기저기에서는 잡초도 빼곡 고개를 내밀고 있었다.

송현은 그곳에 있었다.

턱! 턱! 턱!

곡괭이를 내려칠 때마다 제법 묵직한 소리가 흘러나왔다.

규칙적으로, 쉬지도 않고 곡괭이질을 하는 송현의 표정을 보면 이제는 완전히 밭일에 몰입한 듯 보였다.

그렇게 정오가 됐다.

밤새 내린 비가 무색하게 봄볕이 유난히 따가웠다.

온몸이 구슬땀으로 젖은 송현은 그제야 하던 곡괭이질을

멈추고 나무그늘 아래에 앉아 숨을 돌렸다.
밭 옆으로 작게 난 계곡에 입을 대고 마른 목을 축인다.
"하! 살 것 같다!"
타는 듯한 갈증을 씻어내고 나니 송현의 얼굴 가득 웃음이 맺혔다.
최근 들어 이렇게 웃어본 때가 언젠가 기억나지도 않는다.
'그리고 보면 사람이 참 간사하구나.'
불과 오늘 아침만 하더라도 복잡한 마음에 갈필을 잡지 못한 채 우울한 얼굴을 하고 있었던 송현이다.
그런데 지금은 당장 타는 목을 축이는 것으로 다 잊은 채 웃음을 짓고 있으니 사람의 마음이라는 것이 참으로 간사하게 느껴졌다.
웃음 짓던 송현은 이마에 흐르는 땀을 한번 쓱 하고 닦고 밭을 바라보았다.
오전 내내 쉬지도 않고 곡괭이질을 했음에도, 정작 갈아 놓은 밭은 이제 겨우 전체의 반도 미치지 못했다.
이 밭 말고도 조금만 걸어 올라가면 또 다른 밭도 아직 갈지 못한 채로 남아 있었다.
막상 일을 시작한 이후 근심을 잊을 수 있어 좋았지만, 또 한편으로는 이 넓은 밭들을 또 언제 다 갈까 하는 막막함이 찾아 드는 것도 사실이다.
오늘 내일 송현이 이초의 밭들을 모두 갈지 못한다면, 송현이 떠난 뒤에는 오로지 이초 홀로 이 넓은 밭들을 갈아야 할 것이다.

'가만!'

답답한 마음에 잠시 쓴웃음을 짓던 송현은 이내 눈을 크게 뜨고 밭을 바라보았다.

아직 반도 다 갈지 못한 밭이다.

송현의 손이 바닥을 훑었다.

흙먼지와 함께 황토빛 알갱이가 손안에 묻어 나왔다.

'음률로 자연조화를 부리는데, 밭을 갈지 못할 이유가 있을까?'

막막함을 느끼던 순간 찾아온 의문이었다.

내리던 비마저도 그치게 만들었고, 동정호의 호숫물도 치솟게 만들었다. 바람을 희롱하기도 했었다.

보통의 사람들이었다면 감히 상상도 하지 못할 일임에는 확실하다.

하늘에 내리는 비도 그렇게 했는데, 발아래에 딛고 사는 땅을 부리지 못할 이유는 없었다.

'적어도 시도는 해볼 만하겠구나.'

송현은 자리에서 일어섰다.

잠시 그늘에 앉아 쉬는 것만으로도 땀은 식었다. 거칠었던 호흡도 평상시로 되돌아왔고, 노동으로 지쳐 무거워졌던 팔도 어느 정도 원래대로 돌아왔다.

다시 일을 시작하기에는 부족함이 없다.

송현은 오전 내내 손에 쥐고 있던 곡괭이를 들고 밭으로 걸어갔다.

턱!

묵직한 곡괭이질 소리가 숲을 울린다.

가락을 통하여 밭을 갈아 보려 한다. 만약 가능하다면 지금보다 훨씬 수월하게 밭을 다 갈 수 있을 것이다.

'어차피 손해 볼 것은 없으니까.'

그러다 안 된다 한들 송현으로서야 아쉬움은 있어도 손해는 없는 일이다.

송현은 가락을 곡괭이에 담는다 생각하며 밭을 내려쳤다.

턱! 탁! 쿡!

곡괭이를 내리칠 때마다 그 소리가 다르다.

곡괭이에 실린 송현의 가락이 조금씩 다르기 때문이다. 처음 시도해 본 일이니만큼 가락을 밭을 가는 일은 아직 요원하기만 했다.

그러나 포기하지 않았다.

'지기와 상통하는 가락만 찾으면 돼.'

처음부터 그랬다.

무작정 풍운조화를 부릴 수 있는 것이 아니다. 송현의 가락 중에서도 그와 상통하는 가락이 있다.

그 가락을 찾고, 이를 조금씩 바꿔가며 조화의 효능을 조금씩 알아 가면 된다.

이미 몇 번이나 경험해 본 일이기에 이제는 익숙한 일이다.

'그러고 보니 지금껏 나는 물과 바람의 호응만 이끌어왔구나.'

밭을 갈다 보니 새삼 깨달았다.

지금껏 송현의 가락과 호응했었던 것은 물과 바람뿐이었다.

이렇게 자신의 가락으로 땅과 호응하는 법을 익히는 것도 좋은 시도였다.

문제는 송현이 가진 가락 중에서 대지와 상통하는 가락이 무엇인지를 찾는데까지다.

그때까진 무작정 송현이 가진 가락 중 다른 가락을 번갈아 사용하면서 알아내는 수밖에 없다.

그러나 송현이 마냥 가락을 쏟아붓는 것은 아니었다.

의외로 얻은 것이 있었다.

'같은 가락이라도 토질에 따라 조금씩 소리가 다르구나.'

어쩌면 당연한 일인지도 몰랐다.

그러나 그것은 분명 송현이 잊고 있었던 것이기도 했다.

하나의 밭이라도 그 토양은 분명 군데군데 다르다. 어느 것은 붉은빛을 띠는 황토였고, 또 어느 것은 옅은 회색을 띄는 사토가 섞인 흙이었다.

그 경도가 다르다.

황토는 무르고, 사토가 섞이면 조금 더 단단하다.

같은 가락을 가지고 내려쳤을 때도 그 소리가 다르다. 무른 것은 소리가 깊고 둔탁하며 짧은데 반해, 단단한 것은 소리가 높고 날카로우며 조금 더 길게 울린다.

송현의 가락만으로 모든 소리가 결정 나는 것은 아니라는 이야기가 된다.

'합주하듯. 그렇게 이끌어 봐야겠어.'

탁! 툭! 턱!

또다시 곡괭이 소리가 울려 퍼진다.

송현은 이번엔 자신의 가락에만 집중하지 않고, 곡괭이를 내려칠 때마다 들리는 땅의 소리도 귀를 기울였다.

아주 미묘한 차이를 알아내는 일이다.

아무리 소리에 민감한 송현이라 할지라도 이는 상당한 집중력을 요하는 일이었다.

마치 처음 악기를 잡아보는 이들과 함께 합주를 하고, 그들의 소리를 포용하고 이끌어야 하는 것과 같은 일이었다.

'미지의 가락.'

그러면서도 또 한편으로는 청령단을 상대할 때 갑자기 솟아나왔던 미지의 가락을 좇아 보기도 한다.

그렇게 한참을 곡괭이질을 했다.

어느덧 중천에 떠올랐던 해는 서쪽 산 고개 너머로 모습을 감추고 있었다.

붉은 봄 노을이 밭을 물들인다.

송현의 이마에서는 굵은 땀방울이 비처럼 쏟아져 내렸다. 호흡은 거칠어져 툭툭 끊겼다. 쉬지 않고 곡괭이를 휘둘렀으니 그 움직임도 어느새 무뎌져 있었다.

단순한 육체적인 노동이 아닌, 심력까지 쏟아야 하는 일이기에 송현이 겪고 있는 피로는 이미 한계에 닿아 있었다.

"쯧쯧쯧! 저놈이 뜬금없이 저기서 무얼 하는 게야."

어느새 다가온 이초가 밭 한쪽 가에 서서 송현을 보며 혀를 찼다.

송현이 떠나는 마당이다.

떠나는 날까지 식사라도 맛난 것을 먹이고 싶은 것이 이초의 마음이었다.

그래서 산 아래로 내려가 이틀간 먹을 식량들을 사다가 오는 길에 곡괭이질 소리를 듣고 이리로 온 것이다.

송현이 무슨 생각으로 곡괭이질을 하고 있는지를 알지 못하는 이초에게는 송현의 행동이 너무나 뜬금없이 보였다.

이초는 송현에게 잠시 눈을 거두고 밭을 바라보았다.

일정하게 난 곡괭이질의 흔적이 어느 순간부터 삐뚤빼뚤해져 있었다.

여기저기 곡괭이질을 하지 못하고 넘어간 흔적도 고스란히 드러난다.

'저리되면 일을 두 번 해야 할 터인데!'

송현이 직접 밭을 갈아본 경험은 올해가 처음이라 하지만 그것을 모를 리는 없었다.

그러니 더욱 종잡을 수가 없다.

아무리 생각해도 송현의 의도를 알지 못하니, 더욱더 의문이 생긴다.

그러나 그 의문도 잠시다.

툭!

송현의 곡괭이질 소리에 이초의 시선이 다시 송현에게로 향했다.

이초는 눈살을 찌푸렸다.

"이 녀석아! 그러다 손이라도 무뎌지면 어쩌려 그러느냐! 예인이라는 놈이 어찌 그리 손을 혹사해!"

이초가 버럭 소리를 질렀다.

아무리 송현의 손에 배인 굳은살이 두텁고 단단하다고 한들, 그것은 예인으로서 악기를 다루며 만들어진 손이다.

농삿일과 같은 노동으로 만들어진 손이 아니다.

곡괭이질과 같은 것은 본디 체중을 실어야 하는 일이기에, 손안에 충격이 쌓이게 마련이다. 그리되면 손안에 감각이 무뎌지고, 손가락의 움직임 또한 무뎌진다.

어쩌다 한 번씩 충격이 과하지 않을 정도라면 모를까, 이처럼 무리하게 되면 악사인 송현에게는 전혀 좋은 일이 아니었다.

그렇기에 소리쳤다.

그런데 송현은 대꾸도 없이 곡괭이질만을 계속할 뿐이었다.

"저놈이!"

이초의 눈썹이 역 팔자를 그렸다.

대꾸도 않는 송현의 반응에 이초의 걱정은 더욱 깊어졌다.

'저놈이 악사의 길을 버리려는 것인가!'

순간 그런 생각이 들었다.

하지만 이내 그것이 아님을 알았다.

이초가 아는 송현은 결코 악사의 길을 포기할 사람이 아니었다.

'대체 밭을 가는데 무슨 정신을 저리 쏟아붓는단 말이야!'

송현은 그저 온 정신을 곡괭이질에 쏟아붓고 있을 뿐이다.

그것을 이초도 안다.

하지만, 언제까지 마냥 지켜만 볼 수는 없는 일이었다.

더욱이 손이 망가질지도 모르는 일이라면 더욱 그랬다.

결국 이초는 자신이 직접 나서 송현을 말리기로 마음을 먹었다.

한 발 앞으로 내딛는다.

걱정스런 마음에 또다시 송현을 향해 소리부터 내질렀다.

"이놈아! 몸 상한다 하지 않았느냐! 어서 그치지 못……."

쿵!

지금까지와는 다른 묵직한 소리.

송현의 곡괭이가 땅을 찍었을 때 터져 나온 소리였다.

그것은 깊은 울림을 갖고 있었다.

본능적으로 이초의 머리가 쭈뼛 섰고, 이초는 자신도 모르게 슬쩍 한 발 물러섰다.

그 순간이다.

콰과과과과!

일순 땅이 일어섰다.

아니, 땅이 뒤집어졌다는 말이 맞을 것이다.

땅이 꿈틀거리며 스스로 땅을 뒤집고 있었다. 그것은 마치 발 아래에 거대한 용이 잠에서 깨어나 꿈틀거리며 용틀임하는 것이 아닐까 싶을 정도의 모습이다.

'가락이로구나! 내 어찌하여 이제야 저놈의 가락을 느꼈단 말인가! 아니, 그보다 이것은 저놈이 가진 가락이 아니지 않는가!'

전이라면 알았을 것이다.

송현의 곡괭이질 소리가 들리는 순간, 거기에 송현의 가락이 끼어 있었음을 알아차렸을 것이다.

근데 그러지 못했다.

어쩌면 몸살을 앓은 몸이라, 신경 또한 평소와 같지 않아서일지도 몰랐다.

그러나 무엇보다 놀랐던 것은 순간 뿜어져 나왔던 가락이었다. 그것은 지금껏 이초가 알고 있던 송현의 가락과는 너무나 판이하게 다른 모습이었다.

그사이 밭이 모두 뒤집어졌다.

밭이 갈렸다.

송현은 그제야 손에서 든 곡괭이를 놓고, 이마에 흐르는 땀을 닦아냈다.

얼굴에는 만족스러운 웃음이 감돌았다.

"휴! 아! 아버지! 벌써 다녀오셨습니까?"

그리고 지금에야 이초가 곁에 있음을 발견한 듯 물어온다.

"대체, 대체 네놈은 지금 무얼 한 게냐?"

대답은커녕, 눈앞에 벌어진 광경에 놀란 이초가 묻었다.

"가락으로 밭을 갈아보았습니다."

송현은 답했다.

그 결과야 이미 눈앞에 펼쳐져 있으니, 이초가 달리 할 말이 있을 리 없다.

"허! 허헛! 그래. 그렇구나. 밭을 갈았어!"

할 말이 없어진 이초는 그저 헛웃음을 터뜨리며 고개를 끄덕일 뿐이었다.

사흘을 종일 곡괭이질을 해야 겨우 다 갈 수 있는 밭을 단 한 번의 곡괭이질로 갈았다.

남은 밭 하나도 마찬가지다.

다음 날 송현은 또다시 단 한 번의 곡괭이질로 밭을 갈아냈다.

이미 지기와 통하는 가락을 알았으니 그것은 송현에게 그리 어려운 일이 아니었다.

그렇게 송현은 이초를 떠날 준비를 마치고 있었다.

"먹거라."

해가 졌다.

밭은 모두 갈았고, 내일이면 송현은 유서린과 함께 무림맹으로 가야 할 것이다.

조용한 분위기 속에서 저녁식사가 시작되었다.

떠나기 전 마지막 저녁의 상차림은 너무나 호화스러웠다.

두 사람이 다 먹을 수 없는 양이다.

송현이 떠나기 전 조금이라도 더 먹이고 보내고 싶은 이초의 마음이 고스란히 드러나 있었다.

"……."

그러나 두 사람 모두 식사를 하는 내내 아무 말도 입 밖으로 꺼내지 않았다.

그렇게 식사가 끝이 나고, 상이 치워졌다.

"먼 길 가야 할 터이니 오늘은 이만 자자구나."

아직 잠에 들 때가 한참이나 남았는데도 이초는 그 말만 남긴 채 먼저 잠자리에 누웠다.

"…안녕히 주무십시오."

잠시 침묵하던 송현도 이내 인사를 끝내고 자신의 방으로 돌아갔다.

탁!

"후—!"

문이 닫히고, 이초는 그제야 한숨을 내쉰다.

이별을 코앞에 둔 마지막 밤은 너무나 고요하게 지나가고 있었다.

*　　*　　*

"다녀오겠습니다. 안녕히 계십시오."

"조심해서 가거라. 무림은 무정한 곳이니, 네 몸은 네 스스로 챙겨야 할 것이야. 너는 무림인이 아니니 위험한 일에는 절대 끼어들지 말거라. 그럼에도 혹 위험한 상황에 처하게 되었다면 고민하지 말고 도망치거라!"

송현의 인사에 이초가 다짐하듯 말했다.

송현은 고개를 끄덕였다.

아침부터 손님이 왔다.

하나는 예상했던 손님이었고, 또 하나는 예상치 못한 손님이었다.

예상했던 손님은 유서린이었다.

예상치 못했던 손님은 위가의방의 위가헌이었다.

"아버지를 잘 부탁드립니다."

송현은 위가헌을 향해 공손하게 허리를 숙였다.

몸이 아픈 이초다.

그런 이초가 위가의방을 찾는 이유 또한 그 아픈 몸을 치료하기 위함이다. 그리고 위가헌은 그런 이초를 치료해 주는 사람이다.

위가헌을 대하는데 결코 가벼운 마음일 수가 없다.

온 마음을 다하여 허리를 숙인다.

"걱정치 마시게. 내 앞으로 매일같이 이곳에 찾아와 어르신을 살필 것이니. 더는 고된 일도 못하게 할 것이니 오히려 나중에 와서 나를 모질다 탓하지나 마시게나."

그런 부탁에 위가헌은 웃으며 송현을 안심시켰다.

"가시지요."

인사는 끝났다.

송현은 몸을 돌려 유서린의 옆에 섰다.

"그럼 안녕히……."

유서린은 이초에게 인사를 건넨 후 미련 없이 산 아래를 향해 내려갔다.

그 뒤를 송현이 따른다.

산을 내려가는 두 남녀.

이초는 말없이 그런 두 사람의 모습을 끝까지 지켜보았다.

"고얀 놈. 어찌 뒤 한번 안 돌아볼까."

송현과 서린의 모습이 보이지 않게 되어서야 이초가 불퉁 입을 열었다.

"허허! 섭섭하신가 봅니다."

그런 이초의 투덜거림에 위가헌이 웃으며 말했다.

"섭섭하기는 무슨! 그저……."

발끈 소리를 지르던 이초는 이내 말끝을 흐렸다. 시선은 송현이 내려간 산길에 머물러 있었다.

'그 마음이야 어찌 모르겠느냐. 그래. 돌아보면 마음이 약해질 터. 모질지 못한 아이니 돌아볼 수 없었을 게야.'

뒤를 돌아보는 순간.

어렵게 정한 마음이 흐트러질 것이다.

그것이 두려운 것이다.

겉으로는 투덜거렸으나 이초가 그 마음을 모를 수가 없다.

이초가 송현의 위치에 섰다 한들, 그랬을 것이다.

"기어이 보내셨습니다."

그런 이초에게 위가헌이 넌지시 말을 건넸다.

기어이 무림맹으로 송현을 보낸 것을 말하는 것이다.

"그래, 모진 아비 탓에 험한 곳으로 가게 되었어."

"왜 무림맹이었습니까? 그저 먼 곳으로 수행을 보내셔도 될 일이 아니셨는지요?"

위가헌이 물었다.

무림인들로 가득한 무림맹은 악사인 송현이 지낼 만한 곳으로 어울리지 않았다.

병환으로 죽어가는 모습을 보이기 싫었다면, 차라리 먼 곳으로 수행을 보내는 편이 차라리 나았을 것이다.

“대은주조시(大隱)主潮市) 소은입구번(小隱入丘樊). 백거이의 중은(重恩)이란 시에서 나오는 말일세.”

큰 숨김은 조정과 저자에 숨는 것이고, 작은 숨김은 산속에 들어가는 것이란 뜻이다.

“송 악사를 숨기려 무림맹에 보내셨단 말씀신지요?”

위가헌이 놀라 물었다.

“첫째를 해한 흉수가 노리는 것이 광릉산보일세. 또한 송현 저 아이도 광릉산보를 지녔지. 비록 아직은 그것을 익히지 못했다 하지만, 저 아이라면 언제고 그것을 익힐 걸세. 그때를 대비하기 위함이야.”

“무림맹에 숨겨 흉수가 찾아들지 못하기 위함이로군요.”

“맞네. 맞아. 온갖 무림인이 모여 이루어진 무림맹일세. 제아무리 간 큰 놈이라 한들, 그곳에선 함부로 날뛰진 못할게야.”

그저 무림맹으로 가라 했던 것이 아니었다.

광릉산보가 송현에게 있는 한, 흉수는 송현을 노릴 것이다.

그런 송현을 위해 이초가 찾은 최고의 은신처이자, 방비벽은 무림맹이었다.

그렇기에 송현에게 무림맹으로 가라 했던 것이다.

"클클클. 악사인 그 아이에게 설마 칼이라도 들려주겠는가. 그저 무림맹 구석에 앉아 팔자 편하게 연주만 하면 될 것이야. 무적철권, 아니, 이제는 정천신권이라 불린다지? 아무튼 맹주도 나와 모르는 사이는 아니니, 송현이 놀고만 먹는다 타박하지는 못할 것이 아닌가."

"생각이……. 많으셨군요."

"자식 놈 앞날이 걸린 일인데 어찌 소홀히 생각하겠나."

이초는 웃었다.

그러나 그런 이초를 바라보는 위가헌의 눈빛은 복잡했다.

죽어가고 있다.

지금 이 순간에도 이초의 몸은 빠르게 악화되고 있었다. 의원인 위가헌이니만큼 누구보다 잘 아는 사실이다.

그럼에도 이초는 그 길지 않은 시간 동안 많은 생각을 하고, 많은 갈등을 했을 것이다.

새삼 그의 부정에 마음이 아릿해진다.

"저 아이와 약속했네. 저 아이가 음의 길을 걸어 그 끝을 보게 된다면, 내게 그곳에 무엇이 있는지 말해주기로 했어."

송현이 무림맹으로 떠날 것이라 스스로 말한 날 밤 나누었던 약속이다.

오래전의 일도 아니니 방금 일어난 일처럼 눈앞에 선하다.

"하니, 나는 살아야겠네."

이초는 그 약속을 지켜주고 싶었다.

송현이 돌아왔을 때.

병들어 죽어버린 자신의 육신을 맞이하는 것보단, 끝까지 살아 송현을 맞이하고 싶었다.

"협박하시는 겁니까?"

위가헌이 실소를 터뜨렸다.

살아야겠다 말하는 이초의 모습이 마치 땡깡을 부리는 아이 같다.

그러나 나쁘지 않았다.

스스로 살고자 하는 사람을 치료하는 일이, 적어도 죽음을 기다리는 이들을 치료하는 것보단 나았으니까.

이초는 고개를 끄덕였다.

"협박일세. 자넨 나를 살려놓게."

그것으로 끝이었다.

말을 마친 이초의 시선은 송현이 떠나간 길을 좇고 있었다.

망부석처럼 한참이나 그 자리에 그렇게 서 있었다.

"다정각사총무정(多情却似總無情), 우각준전소부성(唯覺樽前笑不成). 납촉유심환석별(蠟燭有心還惜別), 체인수루도천명(替人垂淚到天明)."

무심결에 두목의 증별이란 곡을 흥얼거린다.

이초 스스로도 자신이 그 곡을 흥얼거리고 있음을 인지하지 못하고 있었다.

그렇게 흥얼거리며 자리를 지킨다.

동쪽에서 떠올랐던 해가 다시 서산으로 저물어 가며 붉은 노을을 만들어 낼 때까지.

이초는 벌써부터 송현이 돌아올 때를 기다리고 있었다.

*　　*　　*

이초가 대문 앞에 서서 송현이 떠나간 자리를 멀거니 바라보고 있을 때였다.

송현은 악양의 외각에 있었다.

등에 멘 짐들 중 대부분을 유서린에게 맡겼다.

예인이라면 목숨처럼 아껴야 할 거문고는 물론, 챙겨온 광릉산보의 원본을 담은 대통까지 맡겼다.

대신 송현은 비파를 들고, 박으로 만든 가면을 썼다.

"이렇게까지 하셔야 하나요?"

유서린이 물었다.

지금 송현이 하려는 행동이 무엇인지 안다. 이미 송현이 무림맹으로 가겠다 하며 부탁했을 때, 송현의 계획을 들었었다.

그러나 한편으로는 너무 지나치다 느껴지는 것이 사실이다.

송현은 웃었다.

"불안해서요."

"…알겠습니다."

유서린은 고개를 끄덕였다.

"그럼 부탁드리겠습니다."

잠시 유서린을 향해 고개를 숙여 감사의 뜻을 전한 송현이 손을 움직였다.

따랑—!

비파의 맑은 선율이 울려 퍼진다.

오늘은 유독 송현의 가락에 화답하는 바람의 기운이 강했다.

송현의 몸을 휘감아 도는 바람의 기운에 마치 대기가 일렁거리며 이지러지는 듯하다.

저벅. 저벅.

송현은 그대로 걸었다.

아니, 지금 이 순간부터 송현은 송현이 아닌 풍류선인이 되어야 했다.

유서린이 그런 풍류선인의 곁을 보위하듯 따르며 검두에 손을 올려놓는다.

혹시 모를 상황을 대비하는 것이다.

이 또한 미리 부탁된 상황이었다.

얼굴을 박으로 가린 풍류선인이 음률을 앞세워 길을 걷는다. 그 옆에 차가운 인상의 미녀가 호위하듯 따라 붙었다.

지금까지의 풍류선인의 모습과는 전혀 다른 모습이었지만, 또한 그래서 사람들의 이목을 더욱 집중시켰다.

아름다운 선율에 사람들은 저도 모르게 하나둘 풍류선인의 뒤를 따르기 시작했다.

풍류선인을 앞세운 긴 행렬이 생겨났다. 그리고 그 행렬은 지금도 빠르게 길어지고 있었다.

풍류선인은 악양의 번화가를 한 바퀴 돌고 한 곳에 멈춰 섰다.

동정호가 바라보이는 삼 층의 목재로 지어진 누각이었다.

악양루다.

갑작스런 풍류선인의 등장에 악양루를 찾았던 손님들도 누 밖에 고개를 빼곡 내밀며 풍류선인의 음악을 감상하고 그 모습을 구경하기 바빴다.

그런데 어느 순간.

"……."

풍류선인의 연주는 더 이상 들리지 않았다. 연주를 그만두었기 때문이다.

풍류선인의 몸을 휘감아 돌던 바람도 어느새 흩어져 흔적도 없이 사라진다.

이 또한 처음 있는 일이었다.

몰려든 구경꾼들은 웅성거리며 자기들끼리 대화를 주고받는다.

처음으로 있는 일에 그들 또한 당황한 듯했다.

'시작해야겠지.'

송현은 작게 고개를 끄덕여 유서린에게 신호를 주었다.
유서린도 마주 고개를 끄덕인다.
달칵.
가면을 벗었다.
"아!"
"비, 비연! 비연악사다! 비연악사 송현이야!"
"풍류선인이 이토록 젊었다니!"
순간 모여든 구경꾼들의 웅성거림이 더욱 거대해졌다. 개중엔 송현의 정체를 알고 있는 누군가가 비연악사라는 별호를 입에 올리며 목소리를 높인다.
"송 악사님!"
사람들의 혼란스런 외침 속에서 익숙한 목소리가 들렸다.
고개를 들어 위를 올려다보니 삼 층 누각에서 고개를 내밀고 있는 장서희의 놀란 얼굴이 보인다.
송현은 쓰게 웃었다.
'이것으로 된 거야.'
많은 사람 앞에서 확실히 보여주었다.
정체를 밝혔다.
이제는 무림의 시선이 자신에게 닿을 것임을 송현도 안다. 더는 돌이킬 수도, 물릴 수도 없다는 사실도 알았다.
그럼에도 이 일을 강행했다.
이초를 위해서였다.

그 어느 것보다 확실하게 무림의 연이 이초를 덮치지 못하게 하기 위함이다.

이제 얼굴을 보였으니, 음악을 보여주어야 할 때다.

풍류선인이 이제 소연과 동일인이 되어야 할 때였다.

"이번에 들려 드릴 곡은 두목의 증별(贈別)입니다."

따랑—!

비파가 울음을 낸다.

송현은 자신의 가락을 담고, 의지를 담았다.

담담한 음률 속에 아쉬움을 숨기고, 느릿한 선율 뒤에 눈물을 담았다.

다정각사총무정(多情却似總無情)
우각준전소부성(唯覺樽前笑不成)

납촉유심환석별(蠟燭有心還惜別)
체인수루도천명(替人垂淚到天明)

다정은 도리어 무정함과 같아
술을 앞에 두고서도 웃지를 못 하구나.

촛불도 마음이 있어 이별이 아쉬워
사람을 대신하여 흘린 눈물에 날이 샌다.

노래가 울려 퍼진다.

담담하기에 더욱 슬프고, 단조롭기에 더욱 애절하다.

"훌쩍!"

감수성 많은 여인들은 벌써부터 눈물을 흘린다.

송현은 눈을 감았다.

'아버지와 보낸 마지막 날 밤이 이랬었지.'

침묵 속에서 치러진 저녁 식사. 그리고 두 사람 모두 말없이 자신의 방으로 돌아가 밤을 보냈다.

아쉽지 않을 리 없다. 이초는 송현을 떠나보내기 싫었을 것이고, 송현은 이초를 떠나기 싫었었다.

그 마음을 침묵 뒤에 숨겼다.

서로를 위함이다.

누구든 먼저 아쉬움과 슬픔을 드러내는 순간, 두 사람 모두 걷잡을 수 없는 슬픔과 아쉬움의 파도에 휩쓸려 헤어 나오지 못할 것임을 알기 때문이다.

투둑. 툭.

하늘에서 빗방울이 떨어졌다.

처음 한두 방울로 시작된 빗방울은 이내 장대처럼 쏟아붓는다.

하지만 하늘은 너무나 맑기만 하다.

쿠구구궁!

동정호의 호숫물이 하늘을 향해 치솟아 오르며 용틀임을 친다. 끝없이 하늘을 오르는 물길은 송현의 비파소리에 춤추는 듯했다.

마른하늘에 비가 내리고, 동정호의 호숫물이 하늘을 오른다.

지난해 팔월 보름날.

송현과 이초가 합주를 벌이며 일어났던 자연조화가 그대로 재현되고 있었다.

"……."

하지만 사람들은 아무런 말도 하지 않았다.

그저 어느 결에 흘러내리기 시작한 눈물을 주체하지 못하며 닦아낼 뿐이었다.

사람들의 소리 삼킨 울음소리가 송현의 귓가로 전해졌다.

—네놈은 외로움이 너무 깊구나.

이초가 했던 걱정이 떠오른다.

'아버지 말씀대로네요.'

이초의 말이 옳았다.

떠나가야 하는 외로움을 노래하니 가락이 더욱 힘을 받고, 천지자연의 호응이 더욱 커졌다.

지금이라면 악양의 전체는 물론, 저 멀리 장사까지도 비가 내리게 할 수 있을 것만 같다.

그러나 그렇게 하지 않았다.

'아버지께선 비오는 날이 괴롭다 하셨으니까.'

땅—!

송현의 손가락이 현을 뜯었다.

일순 내리던 장대처럼 내리던 빗물이 감쪽같이 사라졌다.

"무, 무지개가……."

"무지개다리가 하늘과 닿았다!"

일순 사람들 사이에서 작은 소요가 일어났다.

내리던 비가 그치더니 그 대신 무지개가 떠올랐다. 그것은 지금까지 악양에 벌어진 기사에는 없었던 새로운 일이다.

그 큰 무지개가 하늘에 맞닿았다.

그것은 몸이 아픈 이초가 궂은 날씨에 몸살을 앓을까 걱정하는 송현의 마음이었다.

땅—.

연주는 끝이 났다.

송현은 미소를 지으며 고개를 돌렸다.

"가시죠."

송현이 유서린을 향해 말했다.

눈가에 맺힌 빗물인지 눈물인지 모를 물기를 닦아낸 유서린이 급히 고개를 끄덕여 송현의 말에 답했다.

"예, 예. 가시죠."

쿵!

그리고 발을 찍었다.

쿠구구구구구!

갑자기 지진이라도 난 듯 대지가 흔들렸다. 동시에 희뿌연 먼지가 삽시간에 악양의 거리를 가득 채워 버렸다.

바람이 분다.

갑자기 일어났던 먼지구름이 바람에 밀려 흩어졌다.

"……."

그러나.

악양루 앞에 있던 송현의 모습은 더 이상 그 자리에 존재하지 않았다.

언제나처럼.

송현은 그렇게 사람들의 앞에서 모습을 감추어 버린 것이다.

제10장
광릉산의 곡조(曲調)

樂武林

쏴아아아!

배가 강물을 가르는 소리가 시원하게 울린다.

두웅—!

그리고 그 속에서 거문고 소리가 물살을 가르는 소리를 꿰뚫으며 울려 퍼졌다.

송현의 연주 소리였다.

무슨 생각을 하는지 모를 만큼 송현의 표정은 아무런 감정의 편린도 찾아볼 수 없었다.

중심음을 내는 장죽을 빠르게 움직이자, 손가락은 유려하게 움직이며 장식음을 만든다.

송현의 연주에 선상의 승객들은 저마다 자리를 잡고 앉아 송현의 연주 소리에 귀를 기울였다.

선상의 청객들의 입가에 자그마한 웃음 맴돈다.

아름다운 선율이 마치 눈에 잡히는 듯하고, 강물과 함께 흘러가는 듯했다.

마음이 평안해진다.

송현은 그렇게 이초를 떠나온 아쉬움을 달래고 있었다.

둥—!

낮은 저음이 가늘게 떨리며 긴 여운을 남겼다.

그렇게 연주가 끝이 났다.

"하하하하! 좋군! 좋아! 자네 덕에 귀가 팔자에도 없는 호강을 다 하는군그래!"

연주가 끝이 나기 무섭게 박수 소리가 들렸다.

어지간한 아이의 몸집보다도 큰 봇짐을 곁에 기대어 놓은 중년인이었다. 복색이나, 그의 곁에 놓은 봇짐으로 보아 여기저기 떠도는 보부상인 듯했다.

"왜 아니겠소. 나는 순간 저 젊은이가 악양루의 그 유명한 비연악사나, 풍류선인이 아닌가 했잖소!"

그 옆의 또 다른 상인도 칭찬에 동참했다.

송현이 악양에서 정체를 밝힌 직후 배에 올랐으니, 비연악사가 풍류선인이란 사실은 아직 전해지지 않은 듯했다.

"예끼! 그 유명한 비연악사가 뭣 하러 이런 배에 있을까!

지금쯤 악양루에 앉아 연주하고 있겠지! 한데 젊은이! 젊은이가 연주하는 그 악기는 무언가? 내 칠현금인 줄 알았더니 그와는 좀 다른 듯하구만그래."

"거문고라는 물건이오. 저쪽 산동지방이나 흑룡강 인근에 가끔 볼 수 있는 악기라오. 듣기로는 악양의 비연악사도 거문고를 쓰다 하여, 최근 젊은 악사들 사이에서 유행한다고 하더이다."

두 상인이 주고받으며 이야기한다.

그들은 보부상.

두 발로 중원 전역을 또 돌아다니며 물건을 파는 이들이다. 나름의 눈으로 본 견문도 있고, 귀로 들은 풍문도 있는 이들이다.

그러다 보니 송현의 연주에 대한 칭찬으로 시작된 대화가 어느새 중원의 정세나 소문들로 대화의 주제가 옮겨간다.

송현은 그런 두 사람의 앞에서 어색하게 머리를 긁적였다.

최근 강호 여기저기서 발견되는 무공비급에 대한 이야기부터 시작해, 한동안 잠잠했던 수채와 산채의 발호.

송현은 그들의 대화를 한 귀로 흘리며 고개를 돌려 주위를 살폈다.

'저기 있구나!'

객실이 자리한 누의 기둥에 기대어 선 미녀가 보인다.

여인은 주위의 소란에도 아랑곳하지 않고 헝겊으로 자신의 검을 돌보는 데만 집중하고 있었다.

마치 홀로 세상과 동떨어져 나온 듯했다.

이상하게도 그녀의 주위로는 붙임성 좋은 상인들도, 바쁘게 오가는 선원들도 좀처럼 가까이 다가가지 못하는 모습이다.

"자네의 실력도 결코 낮지 않으니, 조만간 그 비연악사의 명성을 따라잡고도 남을 걸세. 그러니 앞으로도 열심히 하시게나!"

한참 자기들 끼리 대화를 주고받던 상인 하나가 송현을 격려하듯 어깨를 두드렸다.

그 격려가 공교롭다.

비연악사인 송현에게 조금만 노력하면 그 명성을 따라 잡을 수 있을 거라 격려하니 무얼 반응해야 할지 선뜻 갈피가 잡히지 않았다.

송현은 머쓱한 표정으로 고개를 끄덕였다.

"예, 감사합니다."

그리고 지은 죄도 없이 얼굴이 붉어져 서둘러 자리를 떠났다. 그런 송현이 찾은 곳은 검을 손질하고 있는 미녀의 곁이었다.

"유 소저, 여기서 무엇하고 계십니까?"

송현이 웃으며 선뜻 말을 건넨다.

송현이 먼저 말을 건 여인은 유서린이었다.

배에 올라탄 지 이틀.

송현은 유서린을 통해 몇몇 사실을 알았다.

송현을 무림맹으로 데려가는 이는 유서린 하나다. 그녀가 속한 천권호무대의 다른 대원들은 이미 나흘 전에 악양을 떠났다고 했다.

천권호무대가 무림맹주의 직속 부대이니만큼 비천마경이란 비급서를 회수한 이상, 악양에 오래 머물 수는 없기 때문이라고 들었다.

그렇게 유서린과 단둘이 무림맹으로 가게 되었다.

"검을 닦고 있었습니다."

송현의 물음에 유서린은 짧게 대답하고 잠시 다시 검을 손질하기 시작했다.

'원래 이런 성격이었던가?'

송현은 잠시 속으로 중얼거렸다.

유서린의 차가운 분위기야 익히 경험해 보아서 알고 있었다. 하지만 그것이 더욱 심해진 듯했다.

말수도 확연히 줄어들었고, 좀처럼 송현에게 먼저 대화를 거는 일도 없다.

틀리지 않았다면, 악양루 앞에서 송현이 마지막 연주를 펼쳤을 때 이후로 서서히 보이기 시작한 변화다.

그 반응이 낯설어 송현을 위축시켰지만, 그것도 잠시다.

송현은 금세 그 이질감을 털어냈다.

"무림맹은 어디에 위치한 곳입니까?"

송현은 재차 질문을 던졌다.

무림맹을 향해 가고 있음에도 무림맹이 어디에 위치하였는지도 모른다니 우스운 일이다.

무림맹이 어디에 있는지 송현은 알지 못했다. 무림에 관심이 없었기 때문이기도 했다. 그러나 달리 보면 유서린의 말수가 적은 탓이기도 했다.

무림맹에 간다며 무작정 유서린의 뒤를 따라 배에 오른 송현이다. 좀처럼 먼저 입을 열지 않는 유서린인만큼 그녀는 먼저 입을 열어 무림맹이 어디에 위치해 있는지 말해주지 않았던 것이다.

송현의 물음에 유서린의 무심한 눈동자에서 감정이 깃들었다.

그것은 놀람이었다.

"무림맹이 어디에 있는지 모르셨나요?"

"예, 워낙 무림과 연이 없는 삶을 살았으니까요."

송현이 괜히 멋쩍어 머리를 긁적였다.

"……."

유서린은 의미를 알 수 없는 눈으로 송현을 지그시 응시했다. 그리고 이내 대답했다.

"…호북 형문산 인근에 위치해 있어요."

"호북 형문산이라……. 그리 먼 곳은 아니군요."

악양이 호남 북단에 위치해 있으니, 형문산이라 함은 그리 먼 길이 아니다. 수로도 있어 굳이 배에서 내려 먼 길을 걸어

갈 필요도 없다.

"한데, 왜 무한이 아닌 형문산입니까?"

송현은 또 다른 질문을 했다.

무한은 호북의 중심이다. 동정호와 지근에 위치한데다 물길이 사방으로 이어져 있어 예로부터 중히 여겨지던 도시다.

무림맹이 정말 중원무림의 중심격인 무림세력이라면 무한만큼 좋은 입지조건도 없을 것이다.

물길이 지천으로 뻗어 있으니 어디든 들고 나서기 쉽고, 그만큼 많은 이권을 가지기도 쉬울 테니까.

그러나 유서린은 송현의 말에 고개를 저었다.

"관과 무림은 불가침이에요. 그것이 중원의 불문율입니다. 하지만 무림맹 같은 거대 세력이 무한에 자리 잡게 되면 그 불문율도 언제 깨어질지 모를 일이죠."

"아! 힘이 크기에 오히려 스스로 조심하는 것이군요."

"맞아요. 또한 무림맹은 공식적으로 이익을 추구하는 집단이 아니에요. 무한이 아닌 형문산 인근에 자리 잡은 것 또한 그래서입니다."

송현이 흘려가는 이야기로 듣기로 무림맹은 중원의 정파라 불리는 무림세력의 집합체라 했다.

그만큼 큰 세력을 가진 집합체가, 따로 이익을 행사를 추구하기 시작하면 안으로 곪아 가게 마련이다. 정파 내에서도 파벌과 반목이 생길 수밖에 없다.

'공식적이란 말은 무슨 의미일까?'

그럼에도 송현은 유서린의 한마디를 속으로 곱씹고 있었다.

공식적.

그것을 해석하기에 따라 여러 가지로 해석된다.

순수한 의미로 받아들이자면 유서린의 말처럼 무림맹은 이익을 추구하지 않는다는 의미가 될 것이지만, 조금만 비틀어보면 비공식적으로는 이익을 추구하고 있다는 말이 되어버린다.

그 미묘한 차이가 이상하게 신경에 거슬린다.

그러나 그것을 직접적으로 묻기에는 유서린과 소현의 사이가 그리 깊은 유대를 가지지 않은 것 또한 사실이었다.

송현은 질문을 바꾸었다.

"무림맹은 어떠한 곳입니까? 악사로 살아온 탓에 무림인들이 모여 있는 곳은 어떤 분위기를 가지는지 전혀 모르겠군요."

"질문이 많으시군요."

유서린은 한마디 했다.

오늘 따라 유독 말이 많은 송현이 의아한 것이다.

송현은 웃으며 그 말을 받았다.

"앞으로 지내야 할 곳이니까요."

틀린 말은 아니다.

유서린은 작게 한숨을 내쉬며 대답했다.

"시작은 강호의 정의를 위해 무림집단이었어요. 하지만 지금은 아닙니다. 독시궁(毒施宮), 사천성(死天城). 그리고 백마신궁(百魔神宮)이라는 공공의 적이 사라진 지금의 무림맹은 각각의 이득과 기득권을 위한 집단에 불과해요."

"의외로군요."

확실히 의외였다.

무림맹에 속해 있는 유서린이, 송현에게 할 말은 아니었다. 그렇기에 더욱 충격적이었다.

"헛된 환상을 갖지 말라는 뜻이에요. 송 악사께서 무림맹의 어디에서 지내게 되던, 그곳은 악양루와는 전혀 다른 곳일 테니까요. 누구도 믿지 마세요."

"……."

송현은 입을 굳게 다물었다.

누구도 믿지 말라는 그녀의 말이 심상치 않게 들렸다.

'어쩌면 나는 정말 위험한 곳으로 가고 있을지도…….'

막연한 불안감이 차오른다.

그러나 송현은 이내 웃으며 고개를 내저었다.

'궁궐에서도 지냈는데 무림맹에서 지내지 못할 이유도 없지 않는가.'

어린 나이에 혈혈단신으로 교방에 들었다.

사람은 가득하되, 사람의 온기는 없는 궐에서도 지내온 송현이다. 앞으로 지내야 할 무림맹에서의 생활이 그보다 괴롭지는 않을 것이다.

어차피 어디든 사람 사는 곳이 아니던가.

그렇게 스스로 믿으며 불안감을 털어냈다.

일순, 침묵이 흘렀다.

그 침묵 끝에 유서린이 먼저 입을 열었다.

"더 이상 질문이 없으시다면 이만……."

그러나 그것은 대화의 종료를 알리는 말이었다.

송현은 물러서려다 문득 한 가지 의문이 떠올랐다.

처음 악양의 번화가에서 철랑독아와 검을 겨누던 그녀를 보았을 때 가진 의문이었다.

"죄송하지만 마지막으로 한 가지만 묻겠습니다."

"하세요."

"악양에서 철랑독아와 검을 겨누신 일이 있으셨지요? 그때 소저께선 왜 철랑독아의 검을 쳐내셨습니까?"

송현은 가만히 유서린의 대답을 기다렸다.

내내 궁금했던 것이다.

유서린의 마지막 일 검은 충분히 철랑독아의 검초를 피해 목을 노릴 수 있었다.

유서린의 움직임에서 보인 가락과, 철랑독아의 움직임에서 본 가락을 생각한다면 송현의 생각은 맞을 것이다.

'아니, 어쩌면 내가 틀렸을지도 모르지.'

한편으로는 무림인에 대해 아는 바가 없는 송현이니만큼 어쩌면 그것이 착각일지도 모른다 생각했다.

가락을 통하여 무림인을 상대한 경험도 한번 했었지만, 송현에게 그것은 어디까지나 천운이 따른 일이었을 뿐이었다.

앞으로는 더욱더 많은 무림인들을 만나야 할 것이다.

그래서 더욱 알고 싶다.

음과 무공의 괴리가 얼마나 되는지 말이다.

"……."

유서린은 말이 없다.

그저 묵묵히 송현을 마주 바라 볼 뿐이다.

설마 송현이 그것을 물어 올지 예상하지 못했던가, 그것도 아니면 다른 무엇 때문인지 차가운 그녀의 무표정한 얼굴로는 유추하기가 어렵다.

대답은 좀처럼 나오지 않았다.

그때였다.

텅!

"도착이요! 하선할 분은 하선하시오! 배는 일다경 정도 이곳에 정박할 예정이니, 잠시 내려 쉴 분은 시간을 일다경 안에 꼭 승선하셔야 하오!"

선원 하나가 배가 나루에 닿았음을 알렸다.

송현이 내려야 할 곳은 아니다.

그러나 배 안에 제법 많은 승객이 썰물처럼 빠져 나가기 시작했다. 그러더니 어느새 텅 빈 듯한 배 안으로 다시 새로운 승객들이 밀물처럼 오르기 시작했다.

일순간에 일어난 대인원의 이동에 유서린을 향하던 송현

의 시선이 한쪽으로 향했다.

그리고.

"어떻……."

"잠시만요. 죄송합니다!"

막 입을 열어 답하려던 유서린의 말을 끊은 송현이 어딘가를 향해 걸음을 옮겼다.

쏟아져 들어오는 인파를 헤치며 걸어 나가는 송현의 걸음걸이는 마치 강물을 거슬러 오르는 물고기처럼 유연하고 재빨랐다.

"괜찮으세요? 주세요. 들어드리겠습니다."

그곳에 노파가 있었다.

야윈 체구와 달리 노파의 키는 제법 큰 편이었다. 그런 야위고 큰 키의 체구는 머리 위에 커다란 봇짐을 이고 갑판을 지나는 노파의 걸음을 더욱 위태하게 보이도록 만들고 있었다.

"아이고. 무거운데 뭘."

노파의 주름진 얼굴에 가득 미안함이 깃든다.

송현은 웃었다.

"괜찮습니다. 그리 무겁지도 않은걸요."

그리고는 노파의 봇짐을 대신 들어 빈자리로 안내했다.

"고마우이."

노파가 다 빠져 버린 이를 드러내며 웃었다.

그리 큰일을 한 것도 아닌데 이리 인사를 받으니 괜히 마음이 무안해졌다.

송현은 머리를 긁적이며 고개를 저었다.

“아닙니다. 큰일도 아닌걸요.”

그리고 몸을 돌려 유서린이 있는 곳으로 향한다.

“에고고고! 비가 오려나.”

자리에 앉은 노파가 앓는 소리를 내며 하늘을 보며 혼잣말을 중얼거렸다.

‘음?’

그때였다.

송현이 문득 발걸음을 멈추고 고개를 갸웃했다.

‘가락이…….’

노파가 하늘을 올려다보며 혼잣말을 중얼거릴 때.

그때 얼핏 노파의 가락이 엿보였다.

‘어떻게 두 사람의 가락이 보이는 거지?’

노파가 혼잣말을 중얼거릴 때 흘러나온 가락은, 비슷하지만 전혀 다른 가락이다.

그것이 이상해 다시 노파를 바라보았다.

송현의 시선을 아는지 모르는지, 노파는 그저 주름진 눈으로 멀거니 하늘을 바라볼 뿐이었다.

그 모습에서는 아무런 이질감도 느껴지지 않는다.

‘착각이었겠지.’

송현은 피식 웃으며 다시 걸음을 옮겼다.

* * *

여객선이 일일이 모든 포구와 나루에 정차하는 것은 아니었다. 그러기에는 너무나 많은 시간이 소요되는 일이었다.

그렇다고 작은 나루의 손님을 완전히 배제할 수도 없는 일이다.

그렇다 보니 나름의 방법이 생겨났다.

작은 나루에서는 조그마한 배로 손님을 실어 여객선으로 접근한다. 그렇게 작은 배가 여객선에 접선하면 여객선에서는 줄사다리와 함께 갈고리가 달린 굵은 동아줄을 내려놓는다.

줄사다리로는 사람이 타고 내리고, 갈고리가 달린 굵은 동아줄로는 화물을 싣고 내린다.

그렇게 시간이 지나니 배 안은 벌써 사람들로 가득 찼다.

'어떻게 알았을까?'

불어오는 강바람에 흐트러지는 머리를 쓸어 넘기며 유서린은 생각했다.

철랑독아와의 싸움에 대한 송현의 물음.

그가 그날 자신을 보았음도 예상하지 못했고, 송현이 질문에 담긴 내용도 예상하지 못했던 일이었다.

'정확히 알아 맞혔어. 그리고 보면 그때도…….'

송현의 물음대로 유서린은 철랑독아의 검을 떨쳐내지 않

더라도, 그를 제압할 수 있었다. 그럼에도 굳이 그의 검을 떨쳐내어 검을 놓치게 한 것은 순전히 유서린 개인의 사적인 감정 때문이었다.

그러고 보면 청령단을 상대할 때 송현이 부린 다섯 개의 검은 정확히 유서린의 검술인 빙혼냉하검(氷魂冷河劍)을 따르고 있었다.

본디 세외에 존재하는 신비문파인 북해빙공의 검술인 빙혼냉하검을 작금의 중원에서 펼쳐낼 수 있는 사람은 유서린이 유일했다.

그런데 송현이 그것을 재현했었다.

'무공을 알고 있는 것일까? 아니면…….'

유서린에게 송현은 의문으로 가득 찬 사람이었다.

무공을 펼치는 것 같지는 않았다. 그러나 그가 지금처럼 하는 말이나, 청령단을 상대하던 그날 선보인 신위를 보자면 강호에서도 손꼽히는 고수로 불리기에 부족함이 없어 보인다.

"흠……."

유서린의 시선이 송현을 좇았다.

유서린으로 하여금 수많은 생각을 하게 만든 당사자인 송현은 정작 갑판 한쪽에 적당한 자리를 잡고 앉아 온갖 그림이 그려진 죽간을 펼쳐 살펴보며 신음을 흘리고 있을 뿐이었다.

'적당한 기회에 한번 확인해 봐야겠어.'

유서린은 지금의 의문을 잠시 뒤로 미루었다.

"자! 출발이오!"

그런 유서린의 귓가로 배가 다시 출발함을 알리는 선원의 외침이 터져 나왔다.

그 소리에 유서린은 습관적으로 주위를 살폈다.

'이번에도 무림인이야.'

유서린이 스스로 의문을 뒤로 미루게 한 이유.

배에 탄 승객들 중에 상당수의 무림인들이 섞여 있다는 점 때문이다.

유서린은 무의식적으로 가슴어림에 손을 가져갔다.

옷 속에 숨겨진 딱딱한 무언가가 손에 잡힌다.

'비천마경을 노리는 것일까?'

비천마경이다.

그것도 필사본이 아닌 진본이었다.

먼저 무림맹으로 떠난 천권호무대의 동료들을 배웅할 때. 대주가 유서린에게 맡긴 것이다.

나머지 대원들 또한 각각 하나씩 사본을 나누어 가졌다.

혹시 모를 사태를 대비하기 위함이었다.

배에 오른 이후 유서린의 말수가 급격히 줄었던 것 또한 그 때문이다.

비천마경을 노리는 이들이 기회를 엿보고 있을 수도 있었다. 그러니 한시도 쉬지 않고 경계를 늦추지 않아야 되기 때문이다.

'우선은 송 악사님 곁을 지켜야겠지.'

생각을 마친 유서린은 송현의 곁으로 걸음을 옮겼다.

청령단을 상대할 때와, 악양루 앞에서 연주를 할 때 보인 신위라면 송현의 곁이 가장 안전한 장소가 될 것이다.

하지만 걸리는 것이 있다.

악양루 앞에서 연주를 하기 전 송현은 유서린에게 호위를 부탁했었다. 그것을 감안한다면 분명 송현의 능력에 무언가 한계라던가 제약이 있을 것이다.

그렇다면 반대로 유서린이 송현을 지켜야 했다.

어찌 되었든 당장은 송현의 옆자리가 유서린이 있어야 할 자리였다.

그렇게 긴장한 채로 시간이 흘렀다.

작은 배가 두 번이나 접선했고, 포구에 한번 정박했다가 다시 출발했다.

'점점 무림인이 많아지고 있어.'

유서린의 표정은 점점 굳어가고 있었다.

지나치게 예민하게 구는 것일 수도 있다. 하지만, 그것을 감안한다 해도 배에 올라탄 무림인의 비율이 지나치게 높다.

절반에 가까운 숫자가 무공을 익힌 무림인이다.

'하나하나는 그리 부담되지 않겠지만…….'

그 많은 수의 무림인 모두 비천마경을 노리는 것이라면 상황은 고약해진다.

유서연의 긴장이 높아지는 사이.

쿵.

소용돌이를 지나쳤는지 배가 크게 흔들리며 덜컹거렸다.

잠시 유서린의 신경이 분산된 그때다.

"유 소저!"

내내 말없이 죽간에 그려진 그림만 살피던 송현이 돌연 소리쳤다.

채챙!

유서린이 반응한 것은 그와 거의 동시였다.

"이런!"

"클클클! 순진한 악사 놈인지 알았더니, 이제 보니 귀찮은 악사 놈이었구나!"

두 번의 부딪침 뒤에, 두 개의 목소리가 들려왔다.

유서린은 눈앞의 상대를 노려보았다.

키 작은 노파가 서 있었다. 두 명이다. 키와 체구, 심지어 얼굴에 가득한 주름까지 모두 똑같은 쌍둥이였다.

유서린이 신음처럼 중얼거렸다.

"쌍소노(雙小老)!"

쌍소노.

무림에서는 그 이름이 유명한 쌍둥이 노파들이다.

만중뇌정공(萬衆雷霆功)이라는 무공을 같이 익힌 이들은 합공에 능한 고수다. 어디 한 군데 소속된 데 없이 이익을 앞장

세우는 이들이지만, 그녀들의 무공수위는 족히 중소방파 하나쯤은 휘청거리게 하기에 충분했다.

쌍소노 단 이 인이서 사십 년 전 돈황에서 금포표국(錦袍鏢局)의 멸문시킨 일화는 그녀들의 무공수준을 대변해 주기에 충분했다.

"노파!"

유서린이 쌍소노를 보고 신음을 삼키는 사이 송현은 그 두 사람의 얼굴을 보고 놀라 소리쳤다.

똑같은 두 사람의 얼굴은 분명 아까 송현이 대신 짐을 들어주었던 노파의 얼굴과 똑같았다.

"클클클. 움직이지 말거라."

"이 놈들아! 언제까지 놀고 있을 게야! 어서 일 시작하지 않고 뭣해!"

놀란 송현의 외침에도 쌍소노는 제 할 일을 서둘렀다.

이미 본색을 드러낸 마당이다.

더는 망설일 것도, 숨길 것도 없었다.

스릉!

사방에서 검 뽑는 소리가 들린다.

배에 탄 대부분의 무림인들이 칼을 뽑아 들고 승객들을 향해 거리를 좁히고 있었다.

"왜, 왜들 이러시오!"

동시에 놀란 승객들의 외침도 들려왔다.

'결국 일이 이렇게 되었구나!'

유서린은 암담한 심정을 속으로 삼켰다.

"쌍소노 선배님께 후배 유설린이 인사 올려요."

애써 태연을 가장하며 먼저 대화를 시도하려 했지만, 강호에서 잔뼈 굵은 쌍소노가 이를 허락할 리 없었다.

"헛소리 집어 치우고 비천마경이나 내놓아라!"

"아니지, 그전에 검부터 내려놓는 것이 순서가 아니겠느냐!"

두 노인이 동시에 이야기한다.

유서린은 두 노인의 말속에서 이 모든 일이 미리 계획된 일임을 깨달았다.

그것이 아니라면 이렇게 대뜸 비천마경부터 요구할 수는 없는 일이다.

"죄송하지만, 그 명은 따르지 못하겠군요."

유서린은 고개를 저었다.

어렵게 회수한 비급서다. 더욱이 백마신궁에서도 절학으로 손꼽히는 마공서다. 이것이 다시 강호에 풀리게 되었을 때는 어떤 살인귀가 만들어질지 장담할 수 없는 일이었다.

"클클클! 그래! 그리 나와야지. 제아무리 맹주가 종이호랑이가 되었다고 한들, 그 개마저 종이쪼가리가 되었을까!"

"에잉! 그래도 명색에 맹주의 개인데 어찌 상황파악이 이리 안 되누! 이년아, 네년이 이 파파의 말을 따르지 않는다면 저기 오줌 지리고 있는 저것들은 어찌 되겠느냐!"

쌍서노가 한쪽을 가리킨다.

배 안을 점령한 무림인들이 승객들의 목 끝에 칼을 겨누고 있다.

저들을 인질로 협박을 할 심산이었다.

"사, 살려주십시오."

개중엔 송현의 거문고 연주를 칭찬하였던 상인도 섞여 있었다.

목 끝을 파고드는 검날에 상인은 새파랗게 질려 몸을 부르르 떨며 애원한다.

그 애원이 유서린의 마음을 더욱 참담하게 했다.

'무공도 익히지 않은 사람들인데…….'

무림인들도 되도록 피하는 일이 있다.

그중에 하나가 무공을 익히지 않은 양민들의 목숨을 빼앗는 일이다. 이는 명예와 직결되는 일이다. 되도록 피하고, 어쩔 수 없다면 드러나지 않게 처리하는 경우가 대부분이다.

하지만, 쌍서노는 양민을 인질로 삼겠다는 협박을 하는데 주저함이 없다.

검을 빼어들고 배안의 승객을 위협하고 있는 이들이 쉰.

쌍서노가 처음부터 원했던 상황은 이것이었을 것이다.

"……."

입을 꾹 다물었다.

마음속에선 숱한 갈등이 밀려든다.

이대로 쌍서노의 말에 굴복해 비천마경을 내어 놓는다고 한들, 쌍서노가 곱게 물러날 가능성은 없다.

그렇다고 비천마경을 지키겠다고 맞서 싸운다 한들 승산은 희박하다. 당장 쌍서노 두 사람 만으로도 유서린으로서는 벅찬 상대다.

하물며 쉰이나 되는 무림인들 모두 상대해야 하는 지금은 더욱 그러했다.

"드리겠어요. 대신 다음에 닿을 포구에 지금 인질로 잡고 있는 승객들이 모두 내린 뒤에 드리겠어요."

유서린이 협상을 요구했다.

쌍서노를 믿을 수 없으니, 일단 확실히 인질들을 구할 수 있는 상황부터 만들 생각이었다.

'어쩌면 그 틈에 무언가 변수가 생길지도 모를 일이고.'

그리고 어쩌면 그렇게 대치하는 동안 또 다른 변수가 생길지도 모른다.

상황을 반전시킬 변수가 생긴다면 그보다 좋은 것은 없을 것이다.

유서린의 시선이 조심스럽게 송현을 향했다.

유서린이 기대하고 있는 변수라는 것은 결국 송현이었다.

"이년! 네 주제도 모르고 협상을 하려는 게야!"

"죽여라!"

쌍서노가 동시에 말했다.

어느 쪽이든 좋지 않다.
“예!”
쌍서노의 명령에 좀 전 유서린에게 살려 달라 애원하던 상인을 인질로 잡았던 무림인 하나가 읍하며 곧장 칼을 치켜들었다.
“으, 으아아!”
겁을 집어먹은 상인이 팔을 허우적거리며 달아나려 애썼지만, 유서린은 알 수 있었다.
상인은 그를 위협하는 칼의 궤적에서 벗어날 수 없다.
“좋아요!”
결국 유서린이 소리쳤다.
협상도 잔꾀도, 유서린이 가졌던 일말의 기대도 모두 없는 일이 되었다.
그렇다면 일단 당장 죽음에 놓인 상인의 목숨을 살리는 것이 우선이었다.
누가 무어라 해도 유서린은 무림의 정의를 수호하는 무림맹의 사람이 아닌가.
무림의 일로 양민이 희생당하게 할 수는 없는 일이다.
“클클클! 그래야지!”
“멈춰라!”
쌍소노가 만족스러워하며 명령을 거두었다.
“끄륵!”

그러나 그것은 이미 늦은 이후다.

쌍서노의 명령에도 거두지 못한 칼이 상인의 목을 가르고 지나갔다.

목이 쩍 하고 갈라지고, 상인의 입에서는 가래 끓는 소리와 함께 붉은 핏덩이가 거품과 함께 밀고 나왔다.

"이런!"

"즉사로고! 이러면 아니 되는데……. 그래! 이러면 되겠구나!"

멈추라 명령했음에도 끝내 상인이 죽었다.

곤란해하던 쌍서노 중 하나가 짧은 팔을 허공에 휘저었다.

"컥!"

단말마의 비명 소리와 함께 또다시 누군가 쓰러졌다.

방금 전 상인의 목을 자른 그 무림인이 똑같이 목을 부여잡고 쓰러지고 있었다.

쌍소노는 웃었다.

"클클클. 이제 공평해지지 않았느냐. 네년은 저 상인을 살리고자 했으나, 살리지 못하였으니. 나는 저 굼뜬 놈의 목숨을 대신 지불한 셈이 되지 않겠느냐."

사람을.

그것도 그녀들과 뜻을 함께한 동료를 죽이고도 쌍서노는 무엇이 좋은지 웃음을 잃지 않았다.

"파, 파파!"

"어르신!"

설마하니 뜻을 함께한 동료를 죽일까 했던 무림인들 사이에서 동요가 일었다.

쌍서노는 그마저 차갑게 묵살시켰다.

"시끄럽다! 감히 지금 누구에게 소리치는 게야!"

"네년도 더 이상 피를 보기 싫다면, 어서 그 검과 비천마경을 내놓아라!"

"……."

서슬 퍼런 경고 한 번에 순식간에 소란은 침묵으로 변했다.

거짓이 아님을 알기 때문이다.

챙그랑.

유서린은 검을 버렸다.

툭.

품안에 고이 숨겨두었던 비천마경의 비급도 갑판 위로 던져 버렸다.

대신, 쌍서노를 보며 나직이 말했다.

"선배께선 더 이상 피를 보지 않겠다는 약속. 꼭 지켜주시길 바랄게요."

이것이 유서린이 할 수 있는 최선이었다.

*　　　*　　　*

광룡산보를 살피고 있었다.

그것을 통해 무언가를 얻겠다는 생각보다, 광룡산보를 통해 이초를 떠올리고 있었을 뿐이다.

그러던 차에 사단이 일어났고, 벌써 두 명이나 목숨을 잃었다.

'사람의 목숨을 어찌 이처럼 쉽게 해하는것인가!'

처음이다.

눈앞에 사람이 죽어가는 모습을 직접 본 일은.

청령단과 싸웠을 때도 끝까지 그들의 목숨은 해하지 않았던 송현이다. 송현이 살아왔던 세상과는 전혀 다른 세상이 지금 눈앞에 펼쳐지고 있었다.

더욱이 죽은 두 사람 중 하나는 무공을 익히지 못한 상인이었고, 또 하나는 쌍소노의 명령을 따르던 그들의 동료이지 않는가.

송현에게 그것은 너무나 큰 충격이었다.

울컥.

속에서 무언가 뜨거운 것이 치민다.

그사이 유서린은 검을 버리고, 비천마경의 비급까지 바닥에 내려놓았다.

툭.

정확히 송현이 앉아 있는 자리 바로 앞이다.

"선배께선 더 이상 피를 보지 않겠다는 약속. 꼭 지켜주시길 바랄게요."

가는 떨림이 섞인 유서린의 목소리가 귓가를 파고들었다.

'나는……. 무엇을 해야 하지?'

암담한 상황.

송현은 자신이 무엇을 해야 할지 갈피를 잡을 수 없었다.

바닥에 떨어진 칼은 모두 두 개다.

먼저 죽은 무림인이 떨어뜨린 칼과, 유서린이 버린 그녀의 검뿐이다.

청령단을 상대할 때처럼 그 검을 허공에 띄워 볼까도 생각했지만, 쉽사리 자신감이 생기지 않는다.

엿들은 가락이 적었다.

쌍소노는 물론, 아직까지도 승객들의 목을 겨누고 있는 무림인들의 가락도 들은 것이 거의 없다.

단 두 자루의 검을 움직여 청령단을 상대할 때와 같이 저들을 제압할 수 있을지 감히 짐작이 가지 않는다.

잘못했다가는 승객들은 물론, 유서린까지 피해를 입을 것이다.

이 상황에서 무엇을 해야 할지도 갈피를 잡지 못하는 자신의 모습에 더욱 속이 끓었다.

바람이 불었다.

촤락!

바닥에 떨어진 비천마경이 바람에 펼쳐진다.

불의불노(不義不怒), 불의불승(不義不勝).

바람에 펼쳐진 비천마경의 구절 중 하나다.

그것이 눈에 들어왔다.

'불의에 분노하지 못하면, 불의에 이길 수 없다.'

뚝!

그 뜻을 해석하기 무섭게 속에서 무언가가 끊어져 나가는 소리가 전해졌다.

온몸에 뜨거운 기운이 치밀어 오른다.

그리고 어디선가 음악 소리가 들려왔다.

송현도 익히 아는 곡이다.

광릉산보의 해석본을 통하여 수 없이 연주하고 들었던 곡이었다.

그 가락과 그 음조와 음률을 송현이 알아차리지 못할 리 없다.

그러나 다르다.

귀기가 일어나고, 끝내 귀곡성으로 바뀌었던 그 곡이 지금은 전혀 다른 음악 소리로 들려왔다.

'중요한 것은 음 속에 무엇을 담는가로구나.'

전혀 다른 음악 소리에 불현듯 깨달았다.

화악!

동시에 눈앞에 광릉산보의 그림이 펼쳐졌다.

첫 번째 두 번째 그림이 아니었다.

세 번째 네 번째 그림이었다.

홍염이 세상에 가득 차고, 서로가 서로의 목숨을 노리는 아비규환의 지옥도다.

그 속에서 전해진다.

그것은 소리도 글자도 아니었다.

음은 형이 없으니.

그 음은 법(法)이 없고, 식(式)이 없다.

음에는 온(溫)이 없으나

그 음에 염화(炎火)도, 냉정(冷靜)도 담기는구나.

심언(心言)으로 전해지는 노랫소리였다.

텁!

유서린의 검이 송현의 손 안으로 날아와 잡혔다. 몸을 일으킨다.

불과 조금 전만 해도 무엇을 해야 할지 갈피를 잡지 못했던 송현이지만, 이제는 자신이 무엇을 해야 할지 알았다.

아니, 그냥 깨달아졌다.

화륵!

난데없이 송현의 전신에 불꽃이 휘감아 일어섰다.

쩌저정!

일순 강물이 얼어붙는다.

강물마저 얼어붙게 만드는 지독한 한기와, 심연에서 올라온 듯한 뜨거운 화기가 한데 뒤엉킨다.

"이, 이놈이 지금 무슨 짓이냐!"

"손끝 하나 움직였다가는 저기 저놈들은……."

송현으로부터 시작된 갑작스런 변화.

그 변화에 놀란 쌍서노가 자신도 모르게 뒷걸음질 치며 소리쳤다.

뜨겁게 타오르는 업화 속에서 두 눈만큼은 시리도록 푸른 안광을 불태운다.

송현의 눈빛이 그들을 향한다.

지금은 분노해야 할 때다.

『악공무림』 3권에 계속…

황금사과의 창작공간

http://cafe.naver.com/ goldapple2010.cafe

이제부터 전자책은

이젠북

www.ezenbook.co.kr

새로운 세계가 열린다!

한백림 『천잠비룡포』 천중화 『그레이트 원』
좌백 『천마군림』 송진용 『몽검마도』
현대백수 『간웅』 김석진 『더블』
김정률 『아나크레온』 백연 『생사결-영정호우』
임준후 『켈베로스』 예가음 『신병이기』
진산 『화분, 용의 나라』 남운 『개방학사』

이름만 들어도 황홀할 정도의 별들의 향연!

이들의 "유료연재"가 시작됩니다!

검색창에 **이젠북** 을 쳐보세요! ▼

FANTASTIC ORIENTAL HEROES
용훈 新무협 판타지 소설

무림공적, 천살마군 염세악!
검신 한호에게 잡혀 화산에 갇힌 지 백 년.

와신상담… 절치부심… 복수무한…

세월은 이 모든 것을 잊게 하고
세상마저 그를 잊게 만들었다.
하지만.

"허면 어르신 함자가 어찌 되시는지……."

우연한 만남, 자신도 모르게 튀어나온 원수의 이름.

"그게… 한, 한호일세."

허무함의 끝에서 예기치 않게 꼬인 행로.
화산파 안[in]의 절세마인, 염세악의 선택!

Book Publishing CHUNGEORAM

www.chungeoram.com

FANTASTIC ORIENTAL HEROES

백미가 新무협 판타지 소설

불의의 사고로 죽은 청년 이강
그를 기다린 것은 무림이었다!

어느 날
그에게 찾아온 운명,
천선지사.

각인 능력과 이 시대엔 알지 못한 지식으로
전생에서 이루지 못한 의원의 꿈을 이루다!

『천선지가』

하늘에 닿은 그의 행보가 시작된다!

Book Publishing CHUNGEORAM

www.chungeoram.com

FUSION FANTASTIC STORY

월문선 장편 소설

화려한 귀환

머나먼 이계의 끝에서
다시 돌아온 남자의 귀환기!

『화려한 귀환』

장점이라고는 없던 열등생으로 태어나,
학교에서 당하는 괴롭힘을 버티지 못하고
자살이라는 극단적인 선택을 하게 된 남자, 현성.

"돌아왔다……. 원래의 세계로!"

이계에서 죽음을 맞이하게 된 현성은
자신을 죽음으로 내몰았던 현실 세계로 돌아오게 된다!

고된 아픔들, 그리웠던 기억들.
모든 것을 되살리며 이제 다시 태어나리라!

좌절을 딛고 일어나 다시 돌아온
한 남자의 화려한 이야기!
이보다 더 '화려한 귀환'은 없다!

Book Publishing CHUNGEORAM

유행이 아닌 자유추구 -
WWW.chungeoram.com